字逍遥

董 辑◎著

浙江工商大学出版社
ZHEJIANG GONGSHANG UNIVERSITY PRESS

图书在版编目(CIP)数据

字逍遥 / 董辑著. — 杭州：浙江工商大学出版
社,2018.9
ISBN 978-7-5178-2897-6

Ⅰ.①字… Ⅱ.①董… Ⅲ.①诗集－中国－当代
Ⅳ.①I227

中国版本图书馆CIP数据核字(2018)第180278号

字逍遥

董 辑 著

责任编辑	唐慧慧　李相玲
封面设计	小　虫　林朦朦
责任印制	包建辉
出版发行	浙江工商大学出版社
	(杭州市教工路198号　邮政编码310012)
	(E-mail: zjgsupress@163.com)
	(网址：http://www.zjgsupress.com)
	电话：0571-88904980, 88831806 (传真)
排　　版	杭州彩地电脑图文有限公司
印　　刷	杭州恒力通印务有限公司
开　　本	880mm×1230mm 1/32
印　　张	8
字　　数	184千
版 印 次	2018年9月第1版　2018年9月第1次印刷
书　　号	ISBN 978-7-5178-2897-6
定　　价	35.80元

总 序

　　新世纪已经走过了将近20个年头，相较于20世纪80年代和90年代的写作，汉语诗歌取得了稳固的进步。没有了80年代为强化诗歌的主体性与意识形态的激烈对峙，没有了90年代对语言与社会关系无止无休的辨析，新世纪的诗歌发展平稳而信心十足。经过了近40年的洗礼，诗人们普遍开始以平和的心态和深入的体悟，来面对时代的风云变幻。可以说，诗人们经过了朦胧诗和第三代诗歌对个体主体性的确立所付出的艰辛努力，经过了90年代个人化写作所积累的经验和想象力，写作技艺已日臻成熟，而新世纪最初10年的网络书写所开启的无中心性、无权威性的民主状态，再次使得诗歌回到其本然的起点——从个体生命的感知出发，面对对象，尽情展开，不拘一格，汉语诗歌的格局已经有了新的气象。

　　从新时期开始，为了确立自我的主体性，汉语诗歌曾经经历了一段异常艰难的时期。作为对现代性的某种抵抗和否定，现代主义诗歌尽管对辨识现代否定性的意识形态有所帮助，但并未在匡正后者方面取得成功，因为现代信仰体系及其概念已然能够对所有挑战它的行为进行过滤、塑造和转向了。在思想启蒙语境下高扬自我的朦胧诗的主体性便束缚于这种反对立场，无法实现本原性的展开，而主体性恰恰需要以其所对立的对象来定义和界定。其后的第三代诗歌及90年代中前期的个人化写作，再次采取反叛的姿态，对朦胧诗的代言式主体进行解构，试图恢复到日常生活的平面化上来，诉诸人的本能与下意识，解构、欲望和狂欢成为新的关键词，以消解意识形态对潜意识的符号化，可是事实证明，这同时带来的必然是批判精神的丧失。

然而，在这种精神自觉的向度趋于式微的情况下，少数重要诗人却在其对写作的先行探索中展开了自己对主体性的特别理解，既不同于朦胧诗以一种意识形态抵抗国家美学的主体性，又不同于其后普遍对狂欢化欲望书写的过度依赖，他们已经开始从单纯的解构走向建构。他们更重视此刻此地，能够从日常经验中发现事物的神秘性，他们更超越、更从容地对待过去，从而能与当下的生活没有阻隔地融合，而获得一种单纯的使偶然完美的能力。就他们而言，对于来自翻译的现代主义和后现代主义技巧的遍历策略与实验，已不是他们之所需，传统与个人经验、词语与物、审美愉悦与道德承担、个人生活与公共世界之间的张力，已不再成为问题和阻碍，而是深入更广大的历史与精神空间的途径。尤其难能可贵的是，在将幻觉的启示、超验或抽象的动力注入经验的结构之时，诗人们往往对统一和总体化怀有清醒的自我意识，一种自我质疑的气质抵抗着从可见向不可见的过渡升华，而这样的自我意识，不但是文学，也是人格成熟的重要标志。对语言的社会力量和自我的建构性的重视，使得诗歌超出了以往简单的个人经验的塑造，从此，汉语诗歌开始真正走向建设性的成熟。

诗学理念的最高体现就在于诗歌文本本身，这也是本文库冠以"诗与诗学"之名的一个起因，同时也保留了某种开放性与可拓展性。文库集中收录沉潜于文本建设、秉承独立美学立场、精神取向高洁、人本与文本高度统一的优秀诗人的个人诗集和诗评家的诗学专著，凸显诗人们的综合实力与造诣，树立沉凝、高雅、大气的艺术形象。

马永波

目 录

第一辑 五十岁：灵魂向太阳

第二辑 手写

第三辑 父子童年对比录

第一辑

五十岁：灵魂向太阳

做饭记

把大米用小碗从米袋中
盛出，倒入钢制的饭锅里
只四小碗，足够你一整天所需
足够你一整天
都待在孤独和远离里，待在书里

让自来水，从水管中
流入放进了米的钢锅
你淘米，让乳白但有些发黄的脏水
数次流入下水道
看着最后一遍倒掉的水，几乎已经是
清水，你想
生命中也有某些东西
需要像淘米一样，反复
淘洗，才能有机会得到改变
像米经过淘洗，才有资格去变成饭

把锅放上炉灶，点火
多么神奇，温度会带来改变
有时是量变，有时是质变
火，多么神奇的火

原始人举着火走入文明
古哲人将火看成是宇宙的元素
现在火在你的饭锅下舞蹈
把香味慢慢送入你的灵魂

五分钟后，水开了
疯了的水带来疯了的气流
会把透明的玻璃锅盖顶开
而水会带着香味和营养，漫溢出来
所以这时你一定要守在灶边
把锅盖拿开，看水在锅中蹦跳
此起彼伏，并且从你的心底

发出一阵阵的，欢乐的声音
好像放在火上的不是锅
而是你的心
好像你的心也已经变热
好像你的心里也有东西在沸腾
像此刻锅中的水

水在减少，而米在变成饭
香味提醒你，要把火变小
过犹不及是一条普遍的道理

同样适用于做饭
于是，你调小火，把锅盖盖好
让最后一粒米，吞掉
最后一滴水，让水和米不分彼此
变成饭

总是这样，饭香在最合适的时候变得最浓
而你要在这时将火关闭
否则的话，香味就要变成呛人的糊味
饭就会变成炭
十五分钟左右，饭做好了
你因此而感恩，而感到生命的美好
就在于能够和曾经拥有
这样一个又一个十五分钟
多么神奇而丰富的十五分钟
你因此而看见，窗外
蓝天更蓝，白云更白
而树叶正在用数不清的绿
把阳光擦得更明亮

2013年11月24日

残烛的记忆

装满杂物的抽屉里
也装满了往事和记忆
比如，这本旧日记中手写的友谊
翻开，还会冒出热气；
比如，这把早就坏了的电动剃须刀
曾经让我的青春发光；
而其中一截残剩的红烛
令我拿在手中，久久
不愿放下

于是关闭屋中所有的电灯
让黑暗淹没我
于是点亮蜡烛，看烛火跳动
小小的火焰掌，只能
覆盖桌面的四分之一
却让我看见了童年

我看见土坯房的屋顶
已盖上了厚厚的雪被
蓝色的木门前有一串
刚踩出的脚印，脚印的尽头

父亲挑着水桶的背影
正在越变越小……

烛火奇怪地颤动起来
好像感知到了我的回忆
好像我的心跳干扰了
它的燃烧，于是
幻想的刹车声中，我停止出神
吹灭了它

多好的红烛呀，细弱的残躯里
竟然藏着一条时间隧道
下次，我还要通过你回到童年
我会看到，奶奶正在烛光下
低下头用牙咬断针上的线

2017年12月10日

学车和读书

A对我说：学车吧
会开车，你的生活半径就扩大了
你可以开车去市郊徒步
你还可以开车去很远的大超市购物
你还可以自驾游
让风景从此远离
导游的口臭和门票的铜臭

关键是，我并不觉得
我的生活半径很小
徒步，哪都能走，何必去市郊
购物，楼下的超市不大
但吃的用的足够
相比于自驾游，我更喜欢
自由游
喜欢在无人去的荒郊野外和
穷乡僻壤，追踪野花的芳香
或者和老树一起冥思
而自驾游和自由游
仿佛也不是同一种旅游

于是我劝A：读书吧

把书页当成飞机场

你的心就能飞起来

可以飞回唐朝，也可以飞进白云

可以飞离领导，还可以飞跃单位

而且，心能去的地方车去不了

心能到的地方车更到不了

车再快，也得贴着大地行驶

而心的运行是超维度的

比如：向后可以回到童年

　　　向前可以进入《道德经》的世界

我们谁也没有说服谁

心和心撞击的结果

常常不是火焰，而是断桥

黄昏来临了——

车，在马路上挤成了一团

书，在书店里落满了灰尘

　　　　　　　　　　　　　2018年3月31日

不去旅游

整整一个下午，你絮叨着
那些旅游线路
到草原的，到青海湖的，到西藏的
到厦门到澳门到香港到泰国到海参崴①的……
一条又一条，一个价位又一个
价位。哪条线路都让你兴奋
哪个价位你都觉得，不贵
你的灵魂跋涉在那些介绍和介绍中的美食里
越走越远，越走越迷路
根本就不知道，书架上的每一本书里
都有一扇门，推开
你就能回到唐朝、宋朝……
李白、杜甫、白居易、苏东坡……
都是你的导游

而我也只能告诉你：
欲望的尺，只能把生命越量越短
无所事事会让你的一天
变成两天，让你的无聊

---

①注：海参崴，现名为符拉迪沃斯托克。

从一粒芝麻变成一个西瓜

我只能这么和你说：

你且选你的旅游线路吧

你且让你的心，在物质的迷宫中

越迷越深越跑越远吧

我的心不需要度假村

我的书就是我的飞机场

我的精神每天都登机、起飞、高高在上

可以飞到文艺复兴的上空

也可以在晚明落地

我的精神想去哪儿就去哪儿

比如，此刻这满天的云朵

都是我的旅游景点

2017年8月5日

一天没下楼之后

又是一天没下楼，想下楼时
西天已经红成一片了
摸着肚子上的肥肉
不觉有些自责
不觉再次对自己的无组织无纪律
深感失望，感到自己的意志
软得就像是章鱼的触须
感到自己的人生
就是一片被风吹乱的荒草地
偶尔开出几朵野花，飞出几只蝴蝶
也难登大雅之堂，也难入首善之区
于是沮丧极了，就连
手扪夕阳这样的感觉
都无法让你神圣起来，高大起来

平静一会之后，想想
也没什么，不就是
没下楼锻炼（健康是锻炼出来的吗？）
没下楼购物（你那点小钱，不购最好）
没下楼见朋友们的牛头马面吗
一天，和书待在一起

和一壶越喝越淡的茶待在一起
和回忆的蒙太奇待在一起
和旧照片中的青春与老城
待在一起，和懒与强迫症、拖延症
待在一起
上上网，刷刷微信，看看下载的电影
也不错，也内容丰富
也是浮生半日闲，也是日行九万里
何必去人群中观摩各种面具呢
何必去社会上生人类的闷气呢
何必假模假样地虚掩自我的大门
等着大人来敲，等着贵人来进呢？

这么想过以后，心情中
竟然流进了一条古代的小溪
竟然好像看到了南山，听到了《渔舟唱晚》
竟然高兴了起来，恍兮惚兮
起来，天将降大任于斯人也起来
天已经黑透了
下不下楼，还有什么意义吗？
还有什么
比坚守自己、自己的底线
以及心灵四周的高墙

以及星空深处的灿烂

更重要呢？更难得呢？

天黑了，那就卧在沙发上看电视吧

那就能看几页书就看几页书吧

饿就吃点家常便饭

渴就喝点粗茶泡水

然后静待睡意来临

然后静待好梦发生（不要盼望能梦见周公）

明天，阳光灿烂的话

　　　蓝天白云的话

　　　雾霾远遁的话

有想法就下楼走走

心情好就多走一会

让潜意识牵着鼻子走

让孤独和梦，陪着你走

一切以心情为主

一切随遇而安，一切随风飘逝

2018年1月22日

读诗之夜

注意力、智力、知识、眼睛、台灯、手和时间

你需要这些东西

有了它们，你才能拥有一个

真正的读诗之夜

注意力必须集中，就像

泥土集中成土坯、成砖块

沙砾集中成石头、成石块

把砖块和石块一样沉重的注意力

压在，一页页书上

压住书页上的每一个字

不让一个字浮动起来

不让一个句子飞起来

让每一个句子都排队经过

智力的X光透视机

让意象隐喻象征变形想象……

让题材内容语言形式风格……

纷纷露出真身，或者真相

纷纷露出它们的好或不好或者病

没那么复杂

读诗就是感受诗，分析诗

再被诗打动和感动

就如同透过X光透视机看人体

五脏六腑，骨骼肌肉

一目了然，具体而微

然后用知识将它们分类，用知识

分析它们研究它们审视它们诊断它们发现它们治疗

它们，没有知识

你看到的只能是一堆杂碎

一堆词，一堆笼子里的能指和用手铐铐着的

所指，把心看成了葫芦。

读诗之夜，眼睛很重要

眼睛射出的目光

可以变成钉子，钉在诗歌的树干上

然后，然后把自我挂上去

让灵魂随风飘荡

也可以变成手术刀，划破诗的肌肤

从一大堆意象比喻变形隐喻象征超现实和反词中

剔出，诗意的结晶体

晶莹剔透，珍珠般缀满

一个读者的超我

其实，目光就是目光

不会是钉子更不会是手术刀

在读诗之夜，眼睛看到了诗

然后，让心灵的眼睛张开并张得很大，很大

在一盏台灯的陪伴下
在手的翻动中
读诗之夜，时间
被投入了坩埚
炼上一夜的结果是
太阳，红彤彤的
又一次撞进了东窗

2017年9月8日

记忆中的雪

记忆中的雪不是这样的
记忆中的雪更白，更冷，更厚
可以写成散文，或者押成韵脚
而且从脚边一直铺到天边
而且可以踩出一行
通向浪漫和梦幻的脚印
记忆中的雪从来没有被汽车压过
记忆中的雪可以站起来
站成一个雪人走进《安徒生童话》
记忆中的雪不落在水泥地上
记忆中的雪落在黑土地的胸脯上
落在土坯房的屋顶和柴火垛的上面
记忆中的雪可以握成很多很多很多雪球
然后碎成很多很多很多欢乐
记忆中的雪踩在脚下是硬硬的
并且一声一声地和你说话
记忆中的雪可以用一夜的时间
顶住你家的大门
让你早晨出不了屋
让你上学迟到，让你在上学路上
一边笑一边打了好几个滚儿

记忆中的雪绝不会在汽车的轮胎底下
变成黑泥
记忆中的雪只能在毛驴车的轮子下
拉出两条通往爷爷家的长线
记忆中的雪会和风一起追你
会把你从五队的场院一直追回家
让你在炉筒子已经烧红的铁炉子边
跺脚，哈气，伸着手
记忆中的雪是麻雀的画布
虽然"老家贼"①的画儿谁也看不懂
记忆中的雪是太阳的反光镜
用梦和午后的寂静
晃花了你的眼更照亮了你的心
记忆中的雪不是此刻街道上
这些让汽车们乱成一锅粥的雪
记忆中的雪不是落在城市里的雪
记忆中的雪是落在农村和童年的雪
是20世纪70年代的大雪
是奶奶一把把抓在手里
搓你手上和脚上的冻疮的雪
是落在老姑的头巾和母亲的外套上的雪

①注："老家贼"，麻雀的俗称。

是要用笤帚扫才能扫净的雪
是被父亲做的"罐头瓶灯笼"①
照亮并且惊醒过的雪
记忆中的雪是落在老照片里的雪
再不消失，再不融化
但可以，可以以泪珠的形式
从你的眼中流出

2016年12月15日早晨

①注："罐头瓶灯笼"，用玻璃罐头瓶做的灯笼。

幸 运

我已经有五年，或者七年
没有听过青蛙的叫声了
更没有见到过蝌蚪
那些活着的音符，在清水中谱曲
我已经有三年，或者更多年
没有见过蚂蚱了
我记得儿时每次从草地中趟过时
都会有许多蚂蚱
跳出或者飞出
让我的心灵目不暇接并且
追出去好远，好远

已经有十年左右了
我一年到头，只能看见
三种鸟
麻雀比较常见
夏天燕子很多
偶尔能见到喜鹊，一只或者
几只
落在草地上，落在楼头
像刚从一篇民间故事中飞出来
像来自某本书的插图

我已经有三十五年
没有见过谷子地、麦地或者高粱地了
夏天偶尔回乡下
见到的只有，一望无际的玉米田
在化肥与农药的刺激下
放肆地向天边绿去

这就是我，做一个城里人
所付出的代价
但我想我比我儿子要幸运
至少蝈蝈的咏叹调
曾让我童年的听觉和心灵
同时起舞
至少我儿时看见的蜻蜓
是飞在空气中
而不是飞在电视里
至少我还见过大雁的人字
写在秋日天空这张上帝的蓝纸上
至少我还有乡愁和故乡
还有一个有供销社、土坯房和邻居的童年
用来忧伤和做梦
而儿子的漫画书和影碟

而儿子的麦当劳和新天地
而儿子的作业本和补习班
而儿子的电脑、手机和电子游戏……
又能让他梦见一个
什么样的童年呢?

我不知道,我只知道也许原始人比我们
幸运
他们的空气里没有雾霾
他们的耳膜上没有车声
他们的河水里没有汽油
他们的心灵里
没有忧郁症、强迫症和手机依赖症
日出而作,日落而息
不知道什么是大学什么又是大选
山林湖泊就是他们的生鲜超市
山洞和草屋任他们诗意地栖居
他们的地球上,没有
城市和越画越细的国境线
没有一颗又一颗原子弹
随时都有可能
把人性恶变成蘑菇云

2016年2月初稿,2016年6月5日下午整理

午餐记

昨天早上焖的米饭
还剩一些，尝一尝
新鲜，只是有点过干了；
父亲给的冻干豆腐
用水煮开，尝一尝
也很新鲜；
那么有了，午餐
是一件多么简单而且惬意的事情啊
茶水泡饭
酱、切碎的洋葱和干豆腐拌在一起
味道不差，我想
营养也未必很差

当然不止这些，还有
阳光，满满一屋子
用心灵慢慢嚼，特别香
蓝天，高远的透明的
可以用遥望啜饮
可以解决，灵魂中所有的干渴
以及寂寞，以及遐想，以及若有若无的
忧郁

都是可以食用的东西啊
都是灵魂必需的营养品

午餐的时候，我看见
楼下草地上的积雪
已经融化
很快，绿色就会回来
回来，把生命凯旋的小旗
高高举起

苏堤春晓

苏堤，你是中国上下五千年中
唯一一段，能走能看还能醉的湖边路
宋朝很远，但走上了苏堤
谁都能走进宋词，谁都能走出平仄

每个走在苏堤上的人，都有两双眼睛
脸上的眼睛看风景，心里的眼睛
看文学，看李贺写过的苏小小
看天上的白云好像刚从五绝和七律中飘出

春天不是演员，但苏东坡为春天搭了这个舞台
春天的表演就再没有停止过，一演就是千年
一千年来，全中国的人都要来苏堤和春天约会
哪怕是冬天来，也能感到历史的春意盎然

也能感到，碧桃和海棠
只有嫁给了苏堤
才能开出最美艳的花脸
而只有西湖的风，才能

吹软杨柳的细腰，而那座拱桥
是天上虹落到了地上
是遥望晚明和张岱时
最好的制高点

看过西湖水，饮过、玩过和听过西湖水后
还要用心装上一点西湖水，悄悄偷走
一个中国人，去杭州，谁没偷过西湖的水？
用相机偷，用心偷，用思念偷，用诗歌和散文偷

而走过苏堤之后
而看过三秋桂子、十里荷花之后
哪个中国人的心里，会没有一点西湖水
不定期地从他们的梦中渗出呢？

2013年12月12日

夜读记

并不是每夜都能推开
一扇门，也不是每夜都能从
一辆旅游大巴上兴冲冲地下来
让灵魂深处响起一片快门声
并不是每夜都能遇见
值得以心灵与之合影留念的风景

有时候会走近一条小溪，清澈
但流着流着就消失了；
有时候会出现一支蜡烛，明亮
但烧着烧着就熄灭了；
有时候好像看见了一面镜子
但用心去照的时候，所见唯有迷雾；
有时候明明举起了一架望远镜
凑到眼前时才发现拿反了

很少能找到制式相同的子弹
压进内心空荡荡的弹匣
很少能登上脚踏实地的梯子
向自我之外再攀高一尺
很少会有一辆列车

鸣着笛开进你思想的站台

载你前往未知世界的下一个三等小站

夜读，读某些人，读某些书

有时会看见许多伪装成大树的小草

有时会看见更多心怀海洋的池塘

有时会被一朵野花灼伤

心灵的烙印，足够你品味一生

夜读，更多的时候，夜读中有台阶

有大门，有海洋，有天空，有星星……

夜读，夜读像一根有力的鞭子

抽在你内心的牛背上

2014年8月15日

深夜饮茶赋

深夜饮茶
听水与茶壶和茶杯
合作的音乐
用心里的耳朵听，用
感恩的耳朵听
听得浑然忘我
听得天地苍茫
深夜饮茶
看茶的颜色，由浓转淡
由浓转淡的主要是你的心境
以及对社会的热情
深夜饮茶，嗅茶的芳香
从茶香中嗅到
原野的香和阳光的香
还有回忆的香
嗅到往事之苦，竟然也是一种香

深夜饮茶
洗壶，洗杯，烧水，分茶，投茶，注水
让身体动起来
在俯身与坐直之间
在坐下和站起之间

在客厅和厨房之间

在楼上与楼下之间

动个不停，不停地动

让灵魂动起来

在室内和旷野之间

在自我和天地之间

在现在和过去之间

在此在和彼在之间

不停地动，动个不停

深夜饮茶，在自己的茶路上

散步或者长跑

减去心灵中，多余的梦想与欲望

减去生命中的恶

深夜饮茶，出了很多汗

汗流如注

于是不喝了，于是冲澡

冲澡后睡觉

深夜饮茶，深夜饮茶的好处是

会有茶水在梦中倾下

让你在梦里也饮茶

有时和陆羽，有时和东坡

2016年2月24日——25日

中年哪吒

一个中年人应该什么样？
我想，应该像《西游记》中的哪吒那样
三头六臂
三颗头颅，才能够三百六十度无死角地
看生活，看青年人看不到的昨天
也看老年人不愿去看的明天
看躲在身后的小人与恶人
也看天上的流云与身边的落叶
像哪吒一样，三颗头颅，三双眼睛
才能一对眼睛看天，一双眼睛看地
才能在看清眼前的同时，也看到远方
人到中年，一双眼睛已经不够用了
有三双眼睛，也许才能既看到现实
又看到过去与未来
三双眼睛加在一起的视力
也许才有可能，在好中看到坏
在顺利时看到挫折，在成功中看见失败
才能透过大楼看见森林和草地
才能在繁花似锦中看见落英缤纷
人到中年，一个大脑是想不清
沧海是怎么变成桑田，英雄又是怎么变成狗熊的

三个大脑不停地想
也许才有可能，想入非非
在一万公里的此在中，想出了一厘米的
彼在

人到中年了，光有一副肩膀够吗？
生活的重担，只有两只水桶吗？
单位、领导、物价、房贷、子女、父母、未来
光荣梦想、成功失败……
对一个中年人来说
哪一个不是沉甸甸的
哪一个不把压力往你的肉里扣
不用百分百的力量，哪一个你都担不起来
不用百分百的力量，日子就不会稳稳地
压在你的肩膀上
人生就会东倒西歪，梦想就会随时塌陷
人到中年后，最好变成哪吒
有六只胳膊六只手
有六只胳膊，才有力量
把流逝的激情和理想，全部拽紧
有六只手，才能一只手翻书，一只手数钱
才能一只手做饭，一只手浇花

一只手拉住她，一只手拉住另一个她

一只手刷手机，一只手拿鼠标

有六只手，才能有足够多的手指头

把以往的失败和辛酸

慢慢数清

有六只手，才能不停地按动回忆的琴键

才能把往事弹成一首首

无主题伴奏

才能把越来越逼近的空虚和幻灭推走

才能在人生的虚无感中，推开一扇门

让太阳走进来，让鲜花走进来

因此我希望

中年人，最好都是哪吒，中年哪吒

三头六臂地生活着，三头六臂地工作着……

可惜的是，哪吒

只活在《西游记》和《封神演义》中

人世间是没有哪吒的，现实中的中年人

脑不够想手不够用臂不够使眼不够看

根本就不可能

抵挡住，兜头打过来的这一根根

生活的金箍棒

仅有的一颗脑袋，能算出楼价和工资之间的距离就不错了
仅有的一双手，能抓住些梦的碎片就不错了
仅有的一对眼睛，能看见心灵的影子就不错了
所谓的中年哪吒，想想而已
过干瘾而已，自欺欺人而已

2018年3月24日

眼见为诗

我没有见过真的天鹅
在野外，在湖边，在地上，在天上
或者在动物园中
我都没有见过
天鹅与我缘悭一面
这么多年，我只见过
画中的天鹅和照片中的天鹅
没有一只，令我激动，叹为观止
想到希腊神话和叶芝
想到丽达的销魂一刻

时光飞逝，世界
已经发生了变化
说是巨变也可以
现在，用百度搜一下
无数的天鹅就会出现
在我的电脑屏幕上
一张又一张，我用一生都无法看完
但我几乎从来不看

我不知道为什么柯尔庄园的野天鹅
能令叶芝驻足并怦然心动

从心里也飞出了一只天鹅
我也不知道波德莱尔
为什么，会将一只找水的天鹅
比成一个思乡的流亡者
对我来说，天鹅只是一种水鸟
或者一出芭蕾舞剧
论美丽，鸟中它们不是最美
论大，禽中它们也不是最大
它们只是众多水鸟中的一种
一种而已
从来就没有把我的眼神
划成燃烧的火柴
从来就没有让我的心，长出翅膀

天鹅无法进入我的心，或者我的梦
倒是母亲给我买的这几条观赏鱼
在父亲亲手做的鱼缸里，每一游动
都令我心动
我常常看它们看上好久，好久
觉得它们不但把我的心游得很大
而且还游得很软，就像
这鱼缸里的透明的水

2017年6月初稿，2017年9月27日下午修改

晨 读

睡了不到六个小时
就醒了，并且了无睡意
这是中老年生涯已开始的
一个信号吗

我不知道，我也不想知道
翻开昨夜放在枕边的书
接着读下去，接着去推
那块无人看得见的石头

窗外，车声此起彼伏
阳光又把对楼的屋脊
画成了一幅油画
无鸟飞过，蓝天像一面神秘的窗帘

当年读书，心常常骑在快马上
现在我的阅读则是散步，或者逛街
走到哪儿是哪儿
看到什么就是什么

只要走，就总会走到
从来没有到过的地方
让灵魂置身于一片新的荒野
让目光射入细节与恍惚

晨读，思考的风
把心吹成了一只
越来越高的风筝
风筝的线轮，抓在命运的手中

2017年9月1日

在藏书中找一本书

书
一本书
两本书书
三本书书书
四本书书书书
五本书书书书书·
许多本书
书书书书书书书书书
　书
书书　　书书
　书
　　　书书
书书书
　　　书
书
　书
书……………………

一滴汗
两滴汗汗

三滴汗汗汗
四滴……………………………
汗汗汗汗许汗汗汗汗汗汗
　　　汗
　　　汗
　　　汗
　　　汗
　　　汗
　　　汗
流
浃
背
　　汗
　　流
　　浃
　　背

呼吸出气喘气大喘气生气
登高蹲下走动抬起放下拿起翻开

从书房中出来，喝水，抬头
旧架子上的一堆杂物里

那封面如闪电
一闪而过

我的心大雨滂沱
我的一天顿成烂泥

2017年8月9日

同学聚会

让那些飘在风中的，散落在
地上的，夹在日记本里的
和课本与参考书一起
卖给收破烂儿的
踩进泥土里的，粘在
旧照片上的，摔成碎片并且
被泪水浸泡过的
藏在心里几十年甚至已经
长满了青苔的
所有的所有的所有的所有的
记忆
都复活吧，都鲜活吧，都从往事里
飞出来吧，让今天
飞满来自于昨天的蝴蝶
让我们的心，成为快乐的扑蝶网

我看见所有人都在笑
你在笑，她在笑，老师在笑
我也在笑。笑容是此刻唯一的语言
握手和拥抱是超语言
同学聚会，热情总是倒得太快
因此多少啤酒都不够喝

同学聚会，轻易就能把记忆
聚成一本厚书，怎么翻怎么读
都翻不完更读不完
同学聚会后我才知道
心和心之间不全都隔着墙
眼睛可以在眼睛中融化
而青春，是一盒彩色的蜡笔
不管什么时候
都能把我们的人生和心灵
画得五颜六色，画得花枝招展

当我用漫天的白云和你挥别
当你的背影已飘到我视线的尽头
当欢乐在汽车的后视镜中
越缩越小，直到什么也看不见
我知道，聚餐记忆的日子还会有
我知道，被回忆打开的心又要上锁
我知道，我会把你的笑声
偷偷带回我的生活
我会在一杯又一杯茶里喝到这个日子
——这个相聚并且难忘的日子
我会想念你，在梦里与你
再次擦肩而过

2017年7月24日

诗 囚

有人写诗，像磨玉镯
每一个词都光滑得握不住
每一个句子都晶莹剔透如空气
有人这样写诗，寻找最合适的手腕与展台

有人写诗，像打铁
把每一个词都当成砧板
把心灵和生命放上去
用时间往死里砸，砸出狼眼睛里的那种火星

有人写诗，像玩魔方
转来转去，转出各种奇技淫巧
与匪夷所思，但最后握在手里的
还是那块塑料

有人写诗，像古人诈尸
摇头晃脑，长袍马褂，红袖添香
满目河山假装在念远
落花风雨非得去伤春

有人写诗，在句子里跳钢管舞
在超语义中欲盖弥彰

有人在诗中写开了一朵花
招来评论蝶与学术蜂

有人写诗，把天空写低，乌云写散
把电灯泡写成太阳
把老鹰写成老家贼
把骨头写成地球上的红飘带

有人写诗如修路
每一条路都通向发表与刊物
有人写诗如造屋
造一间办公室正襟危坐

有人写诗，把诗写成望远镜
在遥远的星光中寻找内心的花纹
有人写诗，把诗写成化学实验
用万事万物化合出最高虚构之物

我也写诗，用三十年时间
写出一架笼子把自己锁进去出不来
出不来就出不来吧
在诗囚中我长出了牛角与狼牙

2017年6月29日

深夜不睡，看老电视剧有感

十八年前的这部电视剧
怎么一下子就
被我从电脑中，翻出来了呢？
可见网络也不是全不好
可见网络确实把我们的生活
由小平房变成了，摩天大楼

十八年前，或者十九年前
那时候的社会
人心还不都是烂泥潭
空气还都是上帝原装的
大街上还没有这么多的汽车
汽车里还没有这么多的，成功人士
手机还没织成密不透风的大网
金钱还没锈蚀全部的灵魂
欲望还没有见缝插针，无孔不入
十八年前，或者十九年前的
这部电视剧
还能让我的怀旧开成一辆车
还能让我的往事流成一条河

多么年轻的男女主角啊
当时还都是小演员
看上去还有小溪流在他们的心底
眼睛里似乎还有一抹一抹的纯真
嘴角的笑意，还不是塑料做的
还不是金属做的
青春还闪耀在他们的五官中
还能聚成一束强光
照亮我的记忆

多么新鲜的蓝天啊，每朵白云
都可以直接装进画框
多么熟悉的老家具啊，朴拙的样子
特别适合和人性待在一起
多么简单的人与人的关系
还不需要用加减乘除来计算
多么亲切的上下班时的自行车流
我也曾是那车流里的一朵浪花
多么古旧而破败的四合院
挤满了鸽子的哨音和左邻右舍的笑脸
多么热烈而动人心弦的爱情
却早成了考古学的研究对象
多么亲切的羽绒服，仿佛就是我穿过的那种

多么熟悉的办公室，我也在同样的环境中
笑着，走着，突然就年华不再……

我真没有想到，一部
十八年前的电视剧
竟然让我的怀旧开成了一辆快车
竟然让我的往事流成了一条大河
今夜，我的心乘车远行
今夜，我的心遭遇水灾
今夜，这部十八年前的电视剧
让时间的沉香，重新开放
让一首老歌中飞出的蝴蝶
在我的孤独里
飞了整整一夜

2017年2月13日

五十岁：灵魂向太阳

今天是大年初一
按照阴历的算法
我今年，已经五十岁了
在我故乡亲戚们的眼中
我已经是一个五十岁的
半百老人了
虽然按照公历，我今年
刚好四十八岁

四十八岁也好，五十岁也好
都不小了，至少
青春的小鸟，已从我的身体中飞走了
至少往事的长篇小说
已经厚过了六百页
至少足球场上，我早不能高速冲刺
至少篮球场上，我早不能一条龙上篮

我知道人生的一个新阶段
已经开始。从此以后
我将越来越深地走进
老年这座空荡荡的后花园

我要去学习变老

然后用一天又一天去习得

肌肉松弛，眼睛变花，记忆减退……

我要学习与老年和睦相处

还要用一天又一天去习惯

皱纹更深，白发更多，忧伤更浓……

我要以一个老人的眼睛

去看日出日落

去看云淡风轻了

落叶，将更重地砸进老年

秋雨，将更冷地淋湿老年

还会有情爱让生命冒烟吗？

还会有友谊来敲开心门吗？

还会在生活中点燃希望的引信吗？

还会有新的小路，让灵魂迷路吗？

还会有新的台阶，让梦想更上层楼，登高望远吗？

还会一顿吃五碗干饭吗？

还能在笔尖中睁开一双眼睛

看见未来的繁花似锦吗？

还有多少梦想能够礼炮？

还有多少热爱能够结果？

未来的算盘，用老年来拨

只会越拨越乱，越拨越算不出答案

只知道白发会越来越多，白发如雪

只知道皱纹会越来越深，皱纹如刻

但有必要让情绪中渗进铅吗？

但有必要把石块垒进心情吗？

但有必要用一声又一声叹息

让心灵挤满噪音吗？

有必要痛恨和诅咒，五十这个数字吗？

有必要用过去对比现在，用现在预约未来吗？

子曰，五十而知天命

天命是什么呢？

孔子没说，我也不可能想得出来

那就吃好每天的每一碗饭

睡好每夜的每一场觉吧

让天蔚蓝，让月亮明亮，让风吹

让燕子来了走，走了来

让心继续大海

让梦继续火山

让亲爱者更亲爱，让仇恨者也亲爱

五十了，半百了

更应该把生活当成乒乓球
随便发球，随便接球，随便抽球了
半百了，五十了
半百和五十了的灵魂
还不敢迎向太阳这个大火球吗？

2017年1月28日一稿，2017年2月7日二稿

不读旧书有感

是哪一年买来的，这套书？
九七年，九八年，还是九九年？
又是在哪里遇见的，书店？
还是路边的书摊？
四分局，红旗街，还是学人书店？

一切都记不起了
只知道那时我还年轻
不到三十的年龄
还是百分之一百的青年
只知道那时儿子还小
还能自牙牙学语声中
送出浓浓的奶香
让我在做美梦时笑醒
在醒着时也做美梦
只知道那时长春也还不大
还没有这么多楼，这么多车
更没有雾霾的脏抹布
把天空的俏脸，越擦越黑

那时我的手指

还能从友谊的琴键上

按出一串一串的轻音乐

那时我的心灵

还能被太阳照成

一扇刚擦过的玻璃窗

那时我是婚姻中的好丈夫

那时我是单位里的好职工

那时，我的阅读

是一座巨大的体育场

一年到头，天天都开书的运动会

今夜，我从书架中翻出了你们

也翻出了我千疮百孔的记忆

也翻出了我打满补丁的心灵

今夜我翻开了你们，我的旧书

翻开，这一页上有我光洁的额头……

翻开，这一页上是她新婚时的笑脸……

翻开，一辆自行车正从学校的大门骑出来……

翻开，一群人还奔跑在足球场上……

不敢再翻了，不能再翻了

再翻就会翻出那片泥泞的沼泽

让心再深陷一次

再翻就会翻出那块石头
把灵魂中长好的伤口，重新砸出血
再翻那些远行的脸全部都会回来
回来挤破我噩梦的小黑屋……

是哪一年买来的，这套书？
这套在我青春的甲板上做过镇船石的书
这套校准过我梦想的准星的书
今夜我翻开你们又合上你们
今夜我把你们重新塞回书架
今夜我无力重读往事
今夜旧书的履带碾过
我的心中开进了回忆的坦克群

2016年11月30日下午

夜 走

夜走就是天黑了以后，一个人

在城市里走

不是散步，不是消化食儿，也不只是为了

锻炼身体

是走，很快的走，自由的走

夜走，走在人的视线之外

以肉体的走加快思想的转速

让寂寞和孤独随汗水一起流走

让心灵的远望，朝向夜空

夜走，可以大步走

也可以小步走

还可以一跳一跳地走

可以一边走一边踢腿

可以一边走一边扩胸

可以走一段就大喊几声

也可以一言不发地走上很久

可以走着走着就停下不走了

看月亮在云里走

可以走着走着又停下不走了

抬起头找星星

夜走，走离电视也走离电话
夜走，走离微信也走离手机
走得离公路和大楼越远越好，夜走
最好一股脑地往公园深处的黑暗中走
走得离路灯越远越好
虽然在城市里走到哪儿都能听见汽车声
但夜走能拉大你与汽车废气的距离

夜走，走得只咳嗽
夜走，有时候会走出屁
一个屁后又一个屁
夜走，走出尿就站在树根下撒尿
夜走，在额头上感受一滴汗追赶另一滴汗
夜走，有时候一直都走在几句古诗中
夜走，有时候又走进了一首老歌
很长时间都走不出来

夜走，不能每夜都出去走但尽量走
夜走，走在记忆的空白处走在走里
夜走，把空气走成风
夜走，把风走成音乐

夜走，有时候从树林中走过但听不懂树叶说了些什么

夜走，有时候走进虫鸣的音乐会像走进了一个梦

夜走，那些为锻炼身体而走的人根本就是白走

夜走，可以走得离自己越来越近

夜走，还可以让另一个自己从自己中走出

2016年10月10日

养一只猫

在人到中年以后，在
二十五年不养猫以后
养一只猫，让房间中弥漫另一种呼吸
让猫的纤足，踏上你心底的琴键

养一只猫，给猫换猫砂，添猫粮
给猫擦去眼角的眼垢……
养一只猫，给猫干点活
让劳动重新具体、细小和温柔

养一只猫，看它在沙发上睡
看它在床上睡，在地板上睡
看它趴着睡，躺着睡，仰着睡
在看猫睡时感到自己的眼睛正在越来越明亮

养一只猫，读书时它趴在你的脚边
上网时它趴在你的电脑旁
你上楼的脚步声一响，它就跑来
养一只猫，你的孤独和寂寞就都成了老鼠

养一只猫，看猫在屋中走来走去
看猫喝水时的优雅
听猫把猫粮嚼得咔咔作响
感受一种猫带来的神秘，像波浪摇动着你

养一只猫，听猫的呼噜声
在猫的呼噜声中慢慢摇散回忆的线团
摇出奶奶的脸，摇出老房子
摇出你为爱情醉倒的第一夜

养一只猫，和猫对视
在猫眼的深邃中迷失几秒，几十秒……
养一只猫，抚摸猫，摸了又摸
让心灵出现在手掌上并越来越柔软

养一只猫，给猫起一个名字
把很多花开很多日出很多晚霞甚至很多春天，都
压缩在这个名字里，浓缩进去，于是喊猫的时候
你就会看见花开看见日出看见晚霞并且吹到春风

养一只猫，和猫说话
像和人说话一样，说心里话，说亲热的话，说傻话

猫不回话，猫也听不懂你的话
但你心底的某片天，却已经云开雾散，云淡风轻

养一只猫，养一只毛色灰白的猫
让一道强光长久地射入你的生活
它们可能来自于深夜时的那对猫眼
也可能是童年的追光一直追到了现在

2016年9月18日

写一写我认识的某人

你坐在我的对面
滔滔不绝地说着
你的计划、梦想和未来
五色的彩羽鸟
从你的思想和言辞中
不住地飞出来
纷纷落上，文学和艺术的枝头

但我听到的分明是
算盘珠的声音
在你的心底，响
你的目光像卷尺一样
落在一切事物之上
丈量与衡量，是你的天性
你要把自己量得离金钱更近一些
离正能量和权力，更近一些
你要量出，你身边所有人的
使用价值和剩余价值
你要把他们量成
各式各样的螺丝钉

然后拧到你自己的机器上
拧成你的成功

其实，你所谓的文化或者读书
不过是你穿在狼身上的一件
羊皮袄而已
不过是你为你的心灵
精心画上的浓妆而已
你的小口琴般的灵魂
怎么可能，奏出一首交响乐呢
我看着你在权力和金钱的平衡木上
小心翼翼地挪动着步子
我看着你在社会上
不住地推门和敲门
野渡无人舟自横中的小舟
以及独钓寒江雪的雪
是你永远理解不了的东西
是你永远得不到的东西呀

把你的心，搭在
欲望的弓弦上吧
发射你的企业、事业和某某梦吧

第一辑 五十岁：灵魂向太阳

063

我看着你又一次把你自己
压进了时代的枪膛
你真以为，你能击中未来吗？
你真以为，你打碎的电灯泡
是后羿射下的太阳吗？

2016年3月19日凌晨

找回夜晚

必须恶狠狠地关上电视，然后
关闭微信
坚决不开电脑，开
也要把网络断掉

然后你才有可能
找回一个，属于你的夜晚
你才能找回一个夜晚用它来读书
把书里的小河和蛙鸣，读到你的心里来

你才有可能，从星光中看出泪光
你才有可能，让月亮把你照亮
夜深人静的时候，你才有可能
把回忆翻成一本大辞典

找回夜晚，找回一个听风的夜晚
找回夜晚，找回一个可以点蜡烛的夜晚
找回一个，没有路灯和车声的夜晚
找回一个，有噩梦有惊醒的夜晚

找回一个长长的长长的长长的夜晚
找回一个伸手不见五指的夜晚
如果能找回一个放映露天电影的夜晚
就最好了，一个一觉睡到大天亮的夜晚才是真夜晚

找回一个困得睁不开眼睛的夜晚吧
找回一个坚决不吃消夜的夜晚
一个不用于斗地主，也不用于汗蒸桑拿的夜晚
一个独自一人的夜晚，一个用蘸水钢笔写信的夜晚

你知道，无数人把夜晚弄丢了
他们在夜晚上网，网络是夜晚的压缩机
他们在夜晚发微信，微信是夜晚的剔骨刀
而电视和电灯，早就把夜晚大卸八块了

你知道，有犬吠声的夜晚已经不可能找回了
但至少不要让夜晚的喉咙里，只尖叫着车声？
你知道，静静思念一个人的夜晚已经是生命的奢侈品
但至少不要认为，手机也可以架起通往心灵的桥梁

2016年3月24日

萧红传

你出生于1911年，一个多事之秋
那一年，朝代的大门沉重地关闭
又沉重地打开，巨大的回声一直响到现在；
那一年，旧历史解散，新历史集合
但不管是时代的句号，还是民族的惊叹号
还是中国已经另起一行，都与你无关

你在北方的大地上开始
在寒冷和雪花中长大，一个女孩
然后是一个少女，在自己家的院子里
学会穿衣戴帽，梳理你黑色的长发
虽然母亲早逝，父亲的目光如烂泥
又一次流进你午夜的噩梦

后园是你心灵的牧场，你小小的
心灵在这里发育，长大
大到可以装下，天上飘过的所有的火烧云
冬夜的雪花多么沉重，一片片压上
你的心跳。你在爷爷的屋子里忧伤
并不知道，漂泊将是你此生的命运

并不知道，你将离家出走
和一个烂泥塘一样的男人
同居，怀孕，然后开始你传奇的生涯……
那时候你还是个小姑娘，爷爷的胡子里
有你最喜欢的唐诗，你读书，上学
梦想着爱情，身后鼓动着时代的劲风

在命运的地图上深一脚浅一脚
心灯的微光，照不亮存在的空茫
你蒙着眼睛走在你的生活中
哈尔滨，北京，阿城，福昌号屯
婚约是一道永远算不出答案的数学题
你的结果，总是错误

在父亲的天空下和继母的大地上
家是一间没有一扇窗户的小小的房子
月黑头的黑，二十四小时充满你的心灵
而你只想在你的日子里看见星星，看见
一朵朵沾着露水的蓝色的野花
你逃离了张乃莹，奔向悄吟

不再是张乃莹，但还不是萧红
你和毛线团那么长的忧郁一起，羁留在旅店里

和生存同居，而不是爱情
怀孕不期而至，肚子在你的忧伤之外大着
然后，他消失了，钱没有了
然后，他来了，带着肌肉和雾雨电的爱情

爱情，爱情的铁轨上
生命的列车，将会开向哪里？
是天上，还是地下，一般来说
爱情的终点站，都在梦中
你在爱情里学会了写作，学会做一个
不及格的妻子，你在爱情里变成了萧红

萧红，北国的姑娘，健康、活泼
一点点的另类，一点点的陌生化
才华让你焕发出超越女人的光彩
在你的光彩里，男人们眯起眼睛
大师无疑是喜欢你的，他关心你
在他的关心中，第一是文学，第二是你

那是美妙的岁月，你的黄金时代
文坛就在你的隔壁，你可以随时
推开成功的大门，在小说的世界里
做一个风情万种的民国女子

一切都不是问题，只有他
是难以解决的难题，只有爱情

是你永远拿得起又永远放不下的东西
是美丽的瓷器，但一旦摔碎
就龇出尖利的牙齿，在你的忧郁症中咬出血来
东京之夜，寂寞的梦醒之时
山西和西安的分分合合，吵吵闹闹
爱情，像深秋的风吹乱你心灵的原野

你生过两个孩子，但你没有做过
一分钟的母亲。你爱过他，他，他……
但你只是更远地走离了自己
你的心奇怪地敞开，向着
温暖与爱，你的憧憬与希望
像一枚枚黄叶，一直落到现在

1942年，你逝于战火中的香港
在一个吉林青年的怀中，你闭上了
你不想闭上的眼睛。蓝天不再为你蔚蓝
碧水，也不再是属于你的碧水
那半部"红楼"，别人也永远写不出了
只有你的不甘，只有你的辛酸和爱

只有你的一行行文字，你的《呼兰河传》
穿越无情的时间和纷纭的传说，准时抵达
一代代读者的眼睛和心灵
在后来者的阅读和热爱中，你永远都在
在你的蓝天和碧水中，你的黑眼睛
永远睁着，萧红的黑眼睛永远睁着

写于2013年3月21日，2016年1月26日局部微调

喝茶者说

不管未来的人生会如何

是和风细雨，还是

狂风暴雨

是一片蓝天下的平静草地还是

一条泥泞的小路伸向远方

我都希望

能这样静静地喝茶

一个人，在深夜或者在下午

一个人，用紫砂或者粗陶

喝茶

喝老白茶、生普、熟普或者黑茶

不喝那些肤浅和娇嫩的绿茶

不喝那些伪富贵的红茶

不喝那些用人性恶定价的所谓的好茶

胡诌八扯的老树茶、陈年茶、特供茶

金骏眉、铁观音和大红袍的香气

与寂寞有点不合拍

它们只适用于

那些嗅不见往事之苦的

俗鼻子

而我是云的爱好者

而我是风的听众

而我只想做一个，小粉红花的知音

我只在隐居中喝茶

在下午喝茶，喝一下午

也读一下午

直到从书页上感到了

夕阳的重量

深夜喝茶，一个人

用注水的声音打开心灵的听觉

用目光

和茶壶、茶杯、茶漏与茶海交流

紫砂多么深沉，粗陶

朴素而自持

看久了，它们就会被你的心跳所震动

然后回报你

深入灵魂的轻轻一击

深夜一个人喝茶

在喝茶的同时，读书

被茶香打开的嗅觉

轻易就能够闻到

真理的味道或者，禅的味道

闻到历史是家杂货铺，五味杂陈

深夜喝茶，烧水，洗茶具

听陶的轻声细语，听瓷的浅吟低唱

深夜喝茶，在茶汤的浓淡中

深思熟虑或者，想到哪是哪

感到没在茶壶中泡过的人生

不配有色彩，也不可能有分量

感到如果心灵也能开花的话

那一定是因为茶水的浇灌

那一定是一朵茶花

在中华文明的枝头

已经灿烂了两千年

2016年1月8日—9日

伪隐士之歌

一边看天一边喝一碗浓茶
坐在被孤独塞满的家
伪隐士的清晨，没有
记忆来袭，只有小汗从额头上慢慢渗下

青春的马车早已经散了架
人生的马车夫还是他
他还要在长路上赶路，经历
日出与日落，耕耘与开花

胡子已经遍布了脸颊
皱纹精致得像一幅画
却已经不再和岁月吵架
并且任肚子上的脂肪，无耻地垂下

一边看天一边喝又一碗浓茶
一上午竟然没有一个电话
寂寞呀，其实寂寞并不可怕
可怕的，是心中的下水道在喧哗

坚持这伪隐士的生涯
让自我在自我的天地中独大
如果看累了星星，那
那就和月亮说悄悄话

坚持这伪隐士的生涯吧
用一下午的时间看蚂蚁爬
可以心如止水
也可以心乱如麻

2015年11月24日上午

书 灯

昨天下午下的单

今天一早，就送来了

我算了一下，不到

十五个小时

购书总是太容易

而读书，需要时间、坚持、心情

和远方那盏发着微光的灯

那盏若有若无的灯

许多人，再也找不到了

许多人，在手机的屏幕里

把自己变成了，一尾

快乐的小鱼

在他们的心底，失去了

书那么大的一小片光明

此刻，书灯照耀着我

甚至使窗外的太阳，都黯淡了几分

用心把它们举起来吧

在人性与人智的黑夜里

把书灯，举起来

照出天空的纹理或者

岩石深处的动感
照亮时间的背影和记忆里
半开半闭的门
把从忧伤中不停爬出来的小虫子
也照得雪亮……

此刻，我和一盏书灯
坐在一起，书架上更多的灯
光芒万丈
我能够看见并且，感受到它们
书灯，发着光
那光可以穿越时间和深入心底
那光，立起来
就是巴别塔，就是
　"上帝说要有光，于是就有了光"

2015年11月10日

简述：我的夜生活

一般都是这样的
在关掉了电视和微信之后
在把手机调成静音之后
我会在寂静中
拖出一把椅子，让心落座
我会和忧伤对弈，直到
我又输了一次

我会用一壶茶
把记忆的苦味，泡出来
然后把往事和旧友越喝越淡
然后翻开一本书，像把自己
锁进一间空屋
我常常要用阅读追兔子，以体验
传说中那只龟的无奈和决绝

有时候，字里行间中也会亮起
一盏灯，很有限的光
让我看见红中黑或者黑中白
在粪土中看见黄金的闪烁

但大多数时候
心里的夜黑过窗外的夜
并没有星星专为心灵而升起

有时候，窗外的风声会从我的心里
牵出一匹马
让它跑到远方去，跑到
树叶的合唱中去
跑到十年前或者童年中去
有时候，月光昏暗
却能让我看见，往事中的针尖

旧书里的石头是不能搬的
一搬，就要搬上好久
就要被回忆的重量，压弯了腰
抽屉里除了旧物
还有什么呢？
为什么翻动一次，就受伤一次
就要在突如其来的泥泞里，走上好久……

一般都是这样的，旧书
被插回了更旧的书架

回忆的车，跑着跑着
就没油了，就抛锚了
于是我知道，旧照片里的阳光
再怎么明亮，也不可能照进这个夜晚了
而夜生活的主要内容，就是睡觉

2015年8月23日

写一写我的心

我一直都坚信，我的心
不单单只是一些肌肉、一些血和一些
蛋白质。它应该能大大地睁开
一只独眼，惯于和石头对视
惯于，凝视野花
热衷于追赶一朵朵逃跑的白云

如果它飞起来了，像一只怪鸟
我不会奇怪
如果它飞回往事，并且把以往的心酸
孵成了更多的小怪鸟
我也不会吃惊，我知道它一直朝着太阳飞
但可能只比地面高那么一点点

它也不可能只是红色的
忧郁的蓝，色情的橘黄
还有宗教和道德都无法擦掉的黑与灰
涂花了它，使它看上去更像是一个
还没有做好的玩具，而不是
一件已经完工的精美的产品

有时候，它也会在它的内部

为我亮起一盏灯

让我看见时间飞掠而过，看见

生活的犄角旮旯里

也能开出小粉红花

更多的时候，它装满了落叶和污泥

它逼我用一个个不眠夜

听秋风在它的里面吹

听它的内部，一头疯牛正在和虚无顶牛

说实话，我也一直想看清它

但我看见的除了一团又一团乱麻

就是一片片垃圾场

当我翻看影集，它像针一样地

扎痛我，当我想起某个名字

它又变成了一把，割肉的刀

它是一条小路，总是被我

走得坑坑洼洼，走得弯弯曲曲

它看着我深陷自我的迷宫但是不发一言

它把我引进了一间间黑屋子

无门无窗。它眼看着我跌倒在性格的烂泥潭里

但它是我此生唯一的火炬，火炬呀
我只能把它高高举起
照亮我自己，照亮永远看不见的天
从生活的无限黑中照出梦想的一闪亮

2015年6月18日

写：强迫症

像水在我的身体里滚动
我却无法在意志力上
装一个水龙头把它们全部都放掉
像锁把我锁进了
一间透明的房子，让我不停地撞墙
让我随时砸门却怎么都砸不开
像一只跑进了我体内的狐狸
我的心瞄不准它
我的决心和愤怒，杀不死它

是谁的嘴，在替我数数
从一数到十，然后再从一数到十
是谁的手，在替我动作
依次在水龙头、开关、插销上
摸来摸去，摸去摸来
是谁的命令，我必须接受？
是谁的安排，我必须执行？

是一只从哪里伸来的手
看不见但却紧紧地拽着我
把我拽进了，自我追问的迷宫

让我在"还有什么没做？"

"我忘了什么？"

"应该完事了吧？"

等句子里走个不停

又摔个不停

如果是绳索，为什么我割不断它？

如果是螺丝，为什么我拧不动它？

如果是噩梦，为什么我不能醒来？

如果是浓烟，为什么秋风都不能把它吹散？

它到底是什么东西？

为什么让我的目光变成了钉子

总是在一个地方，越钉越深

它到底是怎么做到的？

竟然为我的思维套上了缰绳

竟然让我的心成为拉磨的驴

它是橡皮吗？ 它不是橡皮

为什么能擦掉我刚做完的事？

让我又做了一遍

它是扫帚吗？ 它不是扫帚

为什么把我刚踩下的脚印全部扫掉？
让我原路返回又走了一遍

它是猛虎，在我锁门时突然出现
冲着我低吼，让我把门锁了一遍又一遍；
它是手铐，在火车抵达终点后
还把我的心铐在座位上
让我在虚无中翻来找去；
它到底是什么东西
是虚无还是实有
是虚无，为什么我感同身受
和它扭打了二十多年？
是实有，为什么无药可治，无诊断书可开？
它到底是什么东西啊？
风在窗外越刮越大
为什么不能把它刮走？
闪电划亮了夜空
为什么它的避雷针永不失效？

是的，我写的是强迫症
而写，能射出子弹
击中某症的心脏吗？
而写，能庖丁解牛

把某症大卸八块吗？

而写，能扣动无的扳机

把有打成筛子吗？

写的强迫症，把字犯得很难受

犯得呼吸急促，犯得直想吐

吐，能把强迫症吐出去吗？

吐出去的一声长叹

是爱情的强迫症，犯了整整一夜

2015年5月31日、6月1日

深夜以镜细读皱纹有感

额头上有,眼角边有
眼睛下还有,嘴角似乎也要有了
长的短的深的
横的斜的细的
早就有的,新出现的
这么多年来
真还从来没有这么仔细地阅读过你们
真还从来没有这么深入地理解过你们
皱纹啊,今夜
我以天边最远的那颗星星
读你们,我以窗外的一阵阵风声
理解你们

是什么样的笔,画出了你们这样的线?
——画上就再也擦不掉了
是什么样的刀,刻出了你们这样的痕?
——越刻越深却不痛不痒
皱纹,我不知道该如何对待你们
洗是洗不掉的
也擦不掉,也揉不掉,也摘不下来
更不能用什么东西,把你们挡上

皱纹呦，皱纹
一旦拥有，终身陪伴

如果是字，谁能告诉我你们的意义？
如果是画，你们又是出自谁的画笔？
如果是路，你们将通向何方？
如果不是路，为什么我在每一条皱纹中
都清晰地听见了，时间的大象
正在沉重地走远？

额头上最深的这一道
是开始于那年的那次挥手吗？
眼角边的这一道
是那年的那次大醉所加深的吗？
而这一道里，为什么还能看见她的背影？
而这一道里，为什么还有秋风在呜咽？
这道眉宇间的小竖纹里，细看有悲伤
而这堆眼角边的小乱纹
能让笑也显得很忧伤……

今夜，洗过脸后
我用一面圆镜，检阅你们
我是在观赏时间的图案

我更是在点数生命的屦痕
我绝不学那些没脑子的老娘们
用药品粗暴地抹去你们
我也不相信这个霜那个膏
真能把你们藏到看不见里
我更鄙视那些拿着手术刀的手
难道人类还能给时间动手术吗?

皱纹呦,皱纹,我爱你们
你们是忧郁的抽象画,你们是沧桑的显示屏
你们是生命的勋章
出自太阳和月亮的加冕
你们是风的密纹唱片
每当我仔细地看你们时
我都能听到
秋风,那格外嘹亮的小号

2015年5月3日—4日

深夜读诗

深夜读诗，可以是一种生活习惯
也可以是一种生活方式，深夜读诗
和诗在一起，度过每一天的深夜
说不上有多幸福，但肯定不悲哀

深夜读诗，在台灯下
可以坐着读，也可以卧着读
读一首读了好多年的诗歌
读出一片海，把自己变成一只小船

深夜读诗，读一首一直都读不懂的诗
读针尖上最尖的部分
读石头深处的疼痛
读一把刀，从去年一直磨到了现在

深夜读诗，读古诗
从窗外的路灯光中，读出王维的月光
深夜读诗，读新诗
从徐志摩的康桥里，读出牙疼和胃酸

深夜读诗，总觉得离诗很近
总觉得一条小路已经踩在脚下
随便走一步，就迈进了诗里
就用诗的门把城市关在了心灵之外

深夜读诗，不在微信里读
不在网络里读，坚决不用手机读
深夜读诗，读印在纸上的诗歌
用繁体字的味蕾品尝时间的苦辣酸甜

深夜读诗，不在播音员的声带里读
不在晚会的节目单里读
深夜读诗，读诗里的刀枪剑戟
读一堵堵墙，在诗行里高傲地矗立

深夜读诗，而不是深夜打麻将
而不是深夜饮酒然后深夜酒驾
深夜读诗，在自己的家里读
在一杯淡茶的淡里，把一首诗读得越来越浓

深夜读诗，从苦读到甜
从大地读到天空

深夜读诗，读词里的密码锁
读语言之外的超语言和反语言

其实，深夜读诗
你最想读到的是童年的蛙鸣
你最想读到的是奶奶的身影
深夜读诗，你读出的泪水是擦不干的

深夜读诗，把心跳读得平平仄仄的
深夜读诗，从生活中读出隐喻，从金钱中读出反讽
深夜读诗，把朋友脸上的面具都读掉了
深夜读诗，把兰波的醉舟读到城市的立交桥上

深夜读诗，可以是一种生活习惯
也可以是一种生活方式，深夜读诗
和诗在一起，度过每一天的深夜
说不上有多高贵，但肯定不低贱

2015年1月16日

学习睡觉

小时候在农村
晚上九点前不睡觉的人
统统被称作夜猫子
熬夜能过十一点的
一屯子也没几个
我还记得年三十的晚上
一到十点
我就困得开始醒着做梦
父母只好用好话和假话
用小人书，用罐头瓶做的灯笼
哄我，骗我，诱惑我
让我坚持着在午夜之后吃完饺子再睡
在农村过了十多个年
没有一年的年三十
我能做到通宵达旦

现在，我已经习惯了长夜漫漫
习惯窗外渐渐亮起来
习惯了在夜里上网，看书
在夜里看电视，看电影
在夜里发微信，在夜里吃饭

在夜里忧伤，在夜里骂人
在夜里把心中的石头和榔头
藏进字里行间
藏进心事浩茫

今夜，我再次发现
深夜不睡的人太多了
太多的人在QQ上，你一句我一句东一句西一句
太多的人在微信上，分享这个点赞那个
太多的人在博客上，喜欢这个转载那个
太多的人在长夜漫漫里
在牌桌边，在浴池里，在床上，在酒吧里
在短信的吱吱声中
在汽车里边闯红灯
在网游的声音中醒着做梦

因此我想，学习睡觉
对我和我的朋友来说
也许不是
一句胡话

2015年1月6日

损　友

今夜，名叫忧郁症的这个损友

又回来了

他驾着我看不见的乌云，回来了

他开着我听不见的汽车，回来了

他用超光速的速度，回来了

在我发呆的时候，在我洗手的时候

在我翻开书又合上书再翻开书再合上书的时候

在我一圈一圈在地板上

走来走去的时候，他回来了

这与我相交20年的损友

在后半夜，不请自来

从一首老歌的旋律里突然跳将出来

咚咚咚地敲响我的心

用粗野的含有太多酒精的声音

命令我的灵魂开门

他要进来，他要和我欢聚三个小时

他要把他上次撕碎的纸，再撕一遍

他要把他上次摔碎的碗，摔得更碎

他要把他扎在我心里的针，扎得更深一些

他要和我一起看我的诗集，告诉我

这些句子写得有多臭

这些词就像没长好的土豆，奇形怪状
还坑坑洼洼
他还要用我的手指头指点着我的脸
用我的嘴大声地说出：
这小子，真他妈失败，活得就像是一块土坷垃
这小子，狗头哨脑，姥姥不亲舅舅不爱
忧郁症，他为所欲为，而我无能为力
手拿着他给我的望远镜，在他的指导下
全神贯注地看自己的过去
看往事中那些火灾后的情景
看婚姻中那座坍塌了的房子
看友谊中一片一片的盐碱地
今夜，忧郁症这个损友
又一次回来了，回来
把水变苦，把灯变暗，把橘子变得更酸
把窗外的寒风，全部吹到了我的心里
忧郁症，我的朋友，我的损友
用焦虑和我对弈
用强迫症和我逗着玩
用一集又一集的电视剧，抢劫我的时间
然后突然就不见了，就找不到了
我知道他又一次躲进了某张老照片
我知道，他还会回来的

可能在某一次酒醉之后
也可能在十五的月亮撞痛我胸膛的时候
他还会回来的，这损友，这忧郁症
回来和我一起研究我皱纹的深度
回来和我一起分析我白发的速度

2014年12月26日

阅 读

今夜，一条山路出现在

我翻开的书上

今夜，心的重锤

敲不响字的鼓面

今夜，阅读就像用配错的钥匙开锁

越着急，越开不开

今夜，一只野兔又一次在书里跑远

我在内心深处，听到了

一把猎枪被重重摔在了地上

今夜，无效的阅读让我想到

阅读不是旅游，书

不是景点

书，每次都要在心里被翻开

每次阅读，书

都要长出牙，都要把思维咬疼

把焦虑，咬得更疼

让孤独遍布带血的牙印

那才是书，那才是阅读

阅读不是一早一晚的散步

阅读不是上班，朝九晚五地打卡

阅读也不是购物，占有，消费

书不应该在书架上列阵
书应该在心里燃烧
书应该像钉子一样地
钉进思考，钉进昨天、今天和明天
今夜，我的书里空空如也
今夜，我的心高高举起：
一把找不到钉子的锤子
在焦虑上，砸出更焦虑的火星

2014年10月29日

为我的一盆不知名的花而写

你又一次开满了小粉红花
为我的心情点灯
你肥厚而碧绿的叶子像一些亲切的小手
随时都可以与我的心灵紧紧相握

而且随时都可以把阳光
拍成一阵阵深入灵魂的火花，当我又一次
在中午为你浇水的时候
我几乎能听懂你的呼喊，虽然你没有嘴也没有舌头

你只是一盆花，一盆
我不知道名字的花，绿色的，长刺的
几乎一年四季都开花
几乎可以用每朵花和我对望，以你特有的目光

那是遥远的2006年，2006年
我的生活四面漏风，每夜我都要
把心架在忧伤的火上烤出痛苦的焦糊味
那一年的秋天我把你从一个市场抱回

最初你长得很慢，也不开花
直到我和儿子一起，为你换了一次土后
夏天时你突然茁壮成长，变得又绿又高
然后第一朵花突然开放，像是梦有了利息，像是希望已提现

说起来，你虽然开花，但你的花并不灿烂
你虽然碧绿，但你的腰肢谈不上婀娜
你不空灵含蓄，你不属于国画，不论是工笔还是写意
你不丰富妍美，你不属于油画，不论是印象派还是表现派

说起来，你只对我有意义，你只属于我
你的小粉红花，涂红了我的每一天
你的纷纭的刺让我知道
孤独也有神经，寂寞也能够疼痛

此刻，太阳船停泊在玻璃窗上
此刻，你用碧绿的叶子把阳光拍响
此刻，我看着你好像我从来都没有过忧伤
此刻，你是心灵之花，你是梦在盛放

2014年9月17日

摸诗，摸得越来越糊涂

最初，我在诗的身上
摸到的是一个，自来水龙头
只要拧开，就会哗哗哗地淌水
我那时只爱那哗哗的声音
只爱水，全不知道诗不是水
也不是水龙头
诗是盛水的容器，摆在心里
而且每次都要有不同的款式
诗是水在形状各一的容器中
那无比熨帖的小样子

后来，我在诗的身上
按开了很多，度数不一的灯泡
我欣喜地站在亮光中，自以为看见了什么
自以为站在了诗中
但渐渐地我才知道，诗
根本就不是亮光，也不是看见
诗是亮光周围无边的黑暗
亮的面积越大，黑的面积也就越大
诗是看见之中那些永远都看不见的东西

现在，我在诗的身上

有时摸到虫鸣，有时摸到白云

有时又摸到了一阵一阵的风

运气好的时候，我还能摸到一只青蛙

并让它从童年跳出来

我摸诗，但常常从旧日记里摸出落叶

我摸诗，但总是摸到成语里的那头象

现在，诗是一条没有尽头的路，不能摸只能走

现在，诗是一面看不到山顶的山坡，不能摸只能爬

现在，诗是十五的月亮掉在了湖水里

只能看，不能摸，更不可能捞出来

现在，诗是越来越糊涂

——诗是一只大手，又一次

把我从一个噩梦中恶狠狠地摸醒

2014年9月11日

回忆青年时代的阅读

一连许多天，杜尚
替蒙娜丽莎长出的
那两撇胡子，都扎在你的心里
牢牢的，疼疼的，像两根不可理喻的刺
你没办法，用现实主义或者批判现实主义
把它们从你的思想中
拔出来，你感到了来自艺术史的遥远的疼痛
米开朗基罗也无法止痛
而夜深人静之后，看或者不看
窗外的天空中，都会浮现出
凡·高画中那些深渊般自转的大星
让你明白有一种晕眩来自命运
每当这个时候，你的耳朵
就开始很虚构地疼痛起来
用凡·高割耳的那把剃刀自恋与自许
是你青年时期的一种强迫症

读过海子之后，你就开始努力地
在你的稿纸上往外长麦子
你就努力地在单位的办公室里
面朝大海

结果是麦子没长出来，大海
你也没看见，倒是在内心深处
唤醒了无数的野草
摇曳在你的每一天里
让你在领导的面积里
反复迷路，反复撞墙
读了埃利蒂斯，你也想把肘部搁在记忆上
体味一种超现实的支撑
读了《醉舟》，一连几十天
你的梦里都是跳摇摆舞的海浪
你的叮当乱响的自行车，升起了
只有你自己能看见的
喝醉的白帆
而罗大佑的老牛嗓子里
有一片过于广阔的新大陆
足够你和几个铁哥们一起，流浪、探险
全不知道《光阴的故事》是谶语
准确地预言了
你们后来的狗吵狗闹
你们今天的分道扬镳

其实你最想踏上的
是达利画中遥远的地平线

其实你最想听见的
是李白邀月时的大嗓门
只是那时你还不知道
杜尚的小便池里
不但能流出潺潺的泉水，更能流出
沧浪之水
只是那时你已经开始相信
金斯堡再怎么大声地嚎叫
也不会让人类心中的石头，长出耳朵
又一座巴别塔在城市动工
又一个下午你决定旷工
老崔去北京吹去了，陈笑也在北京笑
你很孤单，你在一个中学里
做教体育课的语文老师
你刚刚知道城市里哪能买到A片
你刚刚知道，孤独在天空的最深处
而诗歌，而未来，而人生
都是波洛克的油画
怎么看，都看不出子丑寅卯来

2014年8月25日

酒的辩证法

酒是人生中的一次次远行
具有旅游一样的功效
酒像一辆目的地不明的快车
用醉把我们拉离眼前的生活

酒是一条隐秘的小径
让心灵可以更快地走近心灵
虽然在酒中遇见的常常是一个陌生人
我也愿意用酒手去握我看不见的人手

对男人和男人来说，酒是高倍数的望远镜
用酒对望，他们总是离得太近，近在咫尺
对男人和女人来说，酒是一把钥匙
常常让他们在意外中意外地打开一把把锁

有时候，酒是一个陷阱
让我们掉进深深的往事和忧郁中爬不出来
有时候，酒又是一双翅膀
把记忆变成鸟让我们不停地向昨天飞

但更多时候，酒是我难以翻越的一座山
我总是在半山腰跌倒，三瓶或者三瓶半
啤酒后，我就狗屁不是
胡说八道、胡作非为或者鼾声如雷

酒燃烧我，但没有什么能进到我的血管里灭火
酒殴打我，但我无处可躲，酒的直拳拳拳得点
酒吹荡我，让人性的沙尘暴袭来，朋友的脸模糊
酒流过我，酒醒后我总是搬不走石头般的忧郁和遗憾

和茶相比，酒是人类的害虫
但这人性的蝗灾为什么无药可治？
和茶相比，酒是人类的阶梯
虽然酒徒们登上的是向下的巴别塔

2014年8月1日

钝刀小记

很多年来，我的手里一直都握着
一把钝刀
一把看不见的刀，一把
我从梦境中捡来的刀
一把无中生有但却锋利闪亮的刀
一把用许多本书籍和许多个名字
越磨越快的刀
一把钝刀，我在夜空中看见的任何一颗星星
都有可能，镶在它的刀柄上
而有时候，我从一声鸟鸣中把它抽出来
我从露水的闪光中获得它
这把钝刀，我一直在用它刺杀现实
我一直在用它和社会作战
比如，我挥舞着它
从单位的围墙中冲了出来
我杀掉了我的工作
比如，我斩首了我的婚姻
我捅翻了一个又一个好友，把他们变成了
永远流着血的旧友
我把我的日子割得四处漏风
漏进零下三十度的理想，漏进

一条古代的小溪流凉了我的内心

这一切，全部来自于这把刀的威力

一把钝刀，一把总是刺向别处但总是让我疼痛的刀

一把钝刀，一把在夜深时分变得格外锋利的刀

一把以回忆为鞘以孤独为刀尖的刀

一把钝刀。今夜

没有月光照亮你，也没有蛙鸣呼唤你

你仍然固执地坚持留在我的手里

而我能用你干什么呢？

天太高了，你捅不到

忧郁像一片望不到尽头的灌木丛

只要手里有你

我就不怕深陷往事

2014年5月17日

2013年12月回故乡有感

屯子还是那些屯子，大小没变，但房子变了
镇子还是那个镇子，人口没变，但人脸变了
时间带走了很多东西，比如：粪堆、铁匠炉、供销社、场院……
时间也带来了很多东西，比如：水泥马路、楼房、超市、旅店……

又一次回到故乡，从屯南走到屯北，已经没有认识的人
又一次回到故乡，从镇东走到镇西，已经没有认识的树
只有阵阵冷风，似曾相识
反复吹痛深藏在童年的冻疮

山岗还是那片山岗，还叫"北山后"
爷爷的脚印留在这里，用梦就能看见
泡子却不是当初的泡子，再没有"王家泡子"了
只有一大片新开发的水稻地，让我深陷回忆

又一次回到故乡，乡音的火柴
反复划亮，我的记忆
又一次回到故乡，日出的美丽
还是无法，带回城市

回到故乡，就是回到我的乳名中，我的乳名中有一口岁月的深深水井
回到故乡，就是回到奶奶的木柜旁，木柜里什么也没有但装满了忧伤
回到故乡，就是回到满天繁星的下面，让眼睛和心灵都变成饕餮之徒
回到故乡，就是回到伸手不见五指的黑夜中，让鬼故事再次成为可能

傍晚，只见炊烟，不见人，人都在家里的电视机旁
早晨，只见汽车，不见学生，学生都在镇上的学校里
空空荡荡的屯子，没有踢毽的孩子，也没有在井边抽冰猴的少年
供销社的老房子犹在，但一扇扇窗户紧闭，如一双双失明的眼睛

回到故乡，我照下了堆满柴火的小学校园，当年这里曾充满了欢笑
回到故乡，我照下了老屋中的相框和土炕，奶奶曾无数次擦拭它们
回到故乡，我照下故乡的蓝天，好让心灵有一座度假村
回到故乡，我照下故乡的白云，好让感情能够插上翅膀

我照下了我，在故乡的老榆树旁，我有三公斤的感伤
我照下了我，在故乡的泥土路上，我有十米长的忧伤
我要带走故乡的沧桑，也要带走故乡的冰霜
而照片上故乡的晚霞，会随时调准，我记忆的方向

2013年12月29日

春　节

对我来说，只要父母都健在
都健康，都能按时坐在电视机前
把一部又一部烂电视剧看过来看过去
只要父亲还愿意做油炸地瓜，做肉皮冻
只要母亲还有心情蒸制献给神灵的
面蛇、面鱼、面兔子、开花的馒头……
春节，就总是有意思的
就总是春节
就值得我放下手头所有的事情
清空心里全部的焦虑和妄念
把一年中那些搬过来搬过去的石头
全部放下，全部搁置
换上新的外衣外裤，新的内衣内裤
去父母家里，过春节

春节是一家人团聚的日子
是儿子随便看电视和玩电脑的日子
是给侄子和外甥压岁钱的日子
是父亲煮肉，母亲擦亮所有碗碟的日子
春节是中国人的大日子

是年年不同的春联
贴在了年年相同的心情和
欢乐上的日子
是我在祖宗牌位上
一遍遍读着爷爷和奶奶名字的日子
是我走入一张又一张老照片
并且在往事中第一千次迷路的日子
春节是一晚上不关灯的日子
是记忆中的鞭炮和窗外的鞭炮
突然一起炸响的日子
是后半夜天空中稀疏的数颗星
突然变成我眼角的泪水并
慢慢流下来的日子

春节是我一年中最珍视的日子
是时间的大河和感情的长河
在我的心中交汇并
激荡不止的日子
当手机不再用来发短信，电视也不再播放晚会
春节是我独自一人寻找自己的日子
我看到三个我在我的内心争吵，交战
过去的我拉着我不愿放手

未来的我要带我奔向未知

而现在的我，只属于春节

属于拿在我手里的这本儿时读过的旧书

属于我从这些发黄的书页中

不断翻出的，记忆和黄金

2013年1月2日

旧友：讨厌和喜欢

我越来越讨厌我生活中的这些旧友

我讨厌他们，被时间捏得变形的胖脸

我讨厌他们，在一张张人民币上长跑

所流出的那些热汗

我讨厌他们，在幸福中漫步时腆向未来的胖肚子

我讨厌他们，主要是讨厌他们已经不再贪看蓝天

更不再仰望星空

晚报的面积就是他们生活的大小

微信和QQ就是他们心灵的窗口

彩虹对他们来说算什么，彩虹而已

野花对他们来说是什么，野花而已

白云对他们来说能什么，白云而已

他们一个个紧握汽车的方向盘

在钢铁的蜗牛中蠕动于水泥的峡谷

他们成功，他们小康，他们升职

他们换房，换老婆，换工作

就是不换心灵深处

那块早就坏掉的指南针

他们洗淋浴，洗盆浴，洗温泉

就是没想过把心也洗一洗，在王维涉过的溪水中

洗心，洗目光，洗血和骨头
在柳宗元的《小石潭记》中
深刻感受古代的清澈和沁凉

我越来越讨厌我生活中的这些旧友
因此我越来越想念记忆中的他们
想念我们留在青春时期的所有笑声，所有失败
想念我们报废的理想，浪费的梦想
想念骑自行车上下班的日子，想念叮当乱响的铝饭盒
想念我们在文化广场放风筝的那个下午
想念我们一起爱过的那个不美丽的姑娘
想念我和他踏过的那些秋雨中的落叶
想念我为她流过的那些不争气的泪水
想念她的脸，脸上那双还不会向生活放电的眼睛
想念她的笑声，笑声中那条我终无缘一游的小河
想念他的书，他的诗句，他的疯子一样的摇摆舞
想念他被凡·高的画所照亮的脸
想念他模仿兰波迈向梦境的脚步
想念那一瓶瓶在心灵深处冒泡的啤酒
想念醉后在水泥墙上砸出鲜血的拳头
我越来越讨厌现实生活中的旧友
因为我喜欢的旧友都在我的梦中

在梦中，我们是那么年轻
眉宇中的忧伤是我们的勋章
指尖上全是星星的烧伤
沿着《醉舟》开锅的诗句
追赶夸父没抓住的太阳……

2013年7月25日

记与一棵杨树的相遇

我刚刚洗完澡，有些累，还有些渴
当我穿行在楼群中时，我发觉
天又冷了一些，冬天的冷血
正在输进城市的身体

然后，我就看见了它
在我们小区和另一个小区之间的砖墙边
看见了它，一棵落去了一半叶子的杨树
骄傲的，宽肩膀的，站在一幅油画里

阳光把金黄的树叶，染得更加金黄
而风翻动着它们，像无数的小手在不停地鼓掌
是在欢迎我吗？是因为我此刻的停留与凝望吗？
站在树下，我感觉这些金黄的叶子的小手

正在翻动着我的心，正在把我的心
拍出声音。而最美妙的是
它像魔术师一样，当我沿着它的宽肩向空中望去时
它把蓝天拉到了我的眼前，近得仿佛我一举手

就能摸见，就会沾一手最纯最纯最最纯的纯蓝
但我终是不敢唐突地举手，不敢和白云握手
我决定带一片它的落叶回家，只带一片
许多年后，我会怀念我与一棵杨树的相遇和相知

2013年11月8日

和父亲、儿子同回故乡有感

坐在车上时，我就一直试图

想让儿子明白

那条我指给他看的小河

有时候会流到我的梦里

而车窗外那片正在展开的树林中

一定还有，我小时候踩下的脚印

小小的，印在刚刚下过雨的湿地上

像刚刚踩下的一样清晰；

而那些用方言鸣叫的小鸟

是在和我说话，是在欢迎我回家

而我之所以要用数码相机

为那些不知名的野花留影

是为了在以后的岁月中，在城市

在钢筋水泥的楼房中

随时遭遇，从未与我分别的童年

我发觉我的努力是徒劳的

儿子一直在玩手机，懒得抬头

屏幕里，新时代的电子游戏过于花哨

我看不懂

我只能在停车以后

在玉米田边，把一只蚂蚱的灵魂

捉进数码相机
我希望有一天
这只蚂蚱，能带着故乡全部的风景
无声无息地跳进，儿子的心灵

从二叔家出来以后
父亲一直大步走在前面，走向
他记忆中绿色而荒凉的原野
走向他二十岁前的年华
他在山岗上停下脚步
在他的背影中有一扇门
我推不开——
其实我从来没有想要去
了解父亲，一个中国儿子
从没有机会，了解他的中国父亲
但此刻我真想问他
那些我们头上，正在随风翻卷的白云
有没有一朵，是从他的心里飞出来的？
而那片波光粼粼的湖面
是不是一直就装在他的心里
是不是曾经也以泪水的形式
漫出他曾经年轻而英俊的眼眶？
我看见父亲弯下腰，把爷爷墓碑下的一个什么东西

拾起来，丢远
父亲，你是在以你的方式
守护爷爷的亡灵吗？

下山的路有些漫长
漫长到，可以一直通向爷爷的童年
在如此漫长然而并不存在的路上
故乡像一根沉甸甸的接力棒
在我们谁也看不见的手中
传递不止
我不知道它是怎么来到了我的手里
就像父亲不知道什么时候
从爷爷的手里接过了它

2011年6月28日

第二辑

手写

旧迹（组诗）

1.没有唐诗和灯的夜晚

那些努力把手从心中伸出来
伸向天空中的星星的夜晚
已从我的生命中消失了吗？
当我又一次从醉和女人中挣扎出来
从关闭的手机中取回耳朵
带着一身酒气，坐在沙发上
坐在妻儿的睡梦之外
已是深夜三点钟
我感到那些去唐诗中找灯的夜晚
已从我的生命中消失
现在我是如此沉重、疲倦
一旦站在孤独里，就有泥和污水
从身体中流出来
我被什么所污染、所伤害
当年我的心底也铺有一张
洁白的纸吗？
我突然有了流泪的感觉
在深夜三点钟
在我翻开儿子的课本，看见

"孤舟蓑笠翁，独钓寒江雪"
这句唐诗时
——我竟然泪流满面

2004年10月9日

2.手　写

在这个计算机的时代
我坚持手写
坚持在电视机前
坐着一个倔强的灵魂
我坚持和月亮交谈
坚持在鸽子的翅膀上
翻阅蓝天这本大书
在这个霓虹灯的时代
我坚持将手伸向彩虹
伸向秋夜的天空

在这个波音飞机和NBA的时代
我坚持手写
坚持在一朵枯萎的野花前
坦露出心灵中最柔软的部分

我坚持站在一张白纸的高度上
去摸那颗李白摸过的星星
我坚持手写
坚持和孤独站在一起
站出市场经济中的戏剧性
我坚持在西服的口袋里
揣上梦中的景物和诗歌的草稿
我坚持将晚霞、虫鸣和旧日记
一起锁在抽屉里
我坚持对世界微笑
我坚持将高傲和烟卷一起点燃
并让痛苦和烟雾一起
在同事们的交谈和晚秋的风中
袅袅飘散

1997年11月12日

3.命运牌破车

从A女人的首发站
开往，B女人的终点站
总是加不满
金钱的汽油

偶尔抛锚在某一本书的深处

在午夜，伤风的引擎

在上帝的听觉之外

咳嗽着，灵魂的不痛之痛。

家的车库就要从暖库变成冷库

朋友们的漆，刮掉了一块又一块

早已认不出心灵的原色

在生活的泥土道上开着，开着

总是开不进理想的高速公路

酒是最大的磨损，把伤害

带进底盘和胃

减震就要毁于

越来越重的单位与工作

领导的手，还总能出其不意地

抓在方向盘上

非常有组织与纪律地转动

将车速降回

不迟到不早退之中

一个工薪族的慢

在一年又一年的会议、考核、晋级

等不良路况中

变得更慢

这辆又破又慢的车

现在停在一万本书的外面

停在一万个计划和策划的外面
停在城市和陶渊明的外面
在一万条岔路分开的人生旅途中
颠簸着
颠簸着
这辆比命运还要破的破车啊
等待着加满比金钱更纯粹的汽油
等待着一次比尼采更彻底的大修

2005年3月9日初稿，2005年7月27日改定

4.深 夜

深夜，我把孤独和茶叶
一起泡在玻璃杯中
深夜，我的心
承受着一张白纸的重量
深夜，我翻译风吹树枝的声音
我用一本海德格尔的书
丈量心和星空的距离
深夜，一个朋友打来电话
告诉我迪厅的盛况
告诉我，女孩子们抹着黑色的嘴唇

皮裙下没有内裤
啊，深夜，深夜
对于我来说
有风声和星光就足够了
有凡·高的画儿就足够了
深夜，欢乐的人有足够的权利欢乐
在舞厅，在饭店，在酒吧
深夜，痛苦的人有足够的义务痛苦
为世界，为灵魂，为上帝

1999年4月9日

5.一个下午在寂静中走动

一下午的寂静包围着我
我在一个密不透风的球体中
喝水，看书，走走停停，停停走走
反复试了多次，每一次
我都试图用手撕烂忧郁的纺织品
把包围我的球体打碎
然后，在天空的某一处
捅一个只有我能看见的口子
放进一些阳光，一些绿色

放进一个女人飘动的长发
但是一下午我在寂静中走动
在一杯茶的苦和淡中，走动
每一步都绊在石头上
我看书，从书页中翻出蛇
我回忆，往事中的雨水下得正急
一下午的寂静包围着我
我想写下这寂静
写下，冰
被阳光拒绝的无奈
在白纸上，出现了刀痕
我听到刀划过内心的玻璃
铁正在变成钢
在一张白纸上，我血流满面

2006年8月26日

6.失败之夜

窗外，隐隐约约的风
把寂寞吹入我的心底
我在根本没有的地方
听见枯枝折断的声音

我数了好久的心跳

并且，持续地烦躁，又烦躁

好像谁在我的体内

搬石头，沉重的感觉

却没有随屁一起放出来

我在屋中走，走了又走

我不知道谁在用鞭子抽我

看不见，也

听不见声音

却有清晰的疼痛

进入我的心

这个夜晚将疼到什么时候

是心在疼，还是

笔下的纸在疼

我不知道

我关上灯，拉开窗帘

在只为我一个人黑暗着的

天空中

像寻找失败一样

找到了一颗

刚好比台灯亮一些的

星星

2004年11月12日

7.夜晚的超现实

数星星的人
总是在自己的心中
数到那最后一颗。
渴望火的人
总是被冰，烧伤。
灯光无力唤醒的东西
真的会在你的笔尖上
变亮吗？夜晚
写作是一轮缓缓升起的月亮
有着电压不足时60瓦灯泡的亮度
只能仰望
没有实用价值。
啊，即使关掉房间里全部的灯
和台灯一起亮着的
仍然是孤独。孤独
这夜晚唯一的内容
该如何用括号把它括起来呢？
该如何用橡皮把它擦掉呢？
该如何把它在生活的硬盘上
永久地删除呢？
夜晚，从一个人梦中流出的小河

在另一个人的梦中
冻成了光滑的冰面

2002年

8.秋　天

秋天，树叶穿过我的心
落在地上，落在污水里
落在行人的脚下
秋天，我有裁剪蓝天的愿望
秋天，我想用天空这块蓝布
为我的心灵做一件衣服

秋雨在窗外停止
水洼却在我的内心加深
秋天，我从内心的水洼中捞出你
初恋的女孩
我把你从一封信的第一个字中
领出来
让你在我不停吐出的烟圈中迷路

秋天，野花枯萎，大地袒露
秋天，我和风一起玩那些落叶
玩众生一样弥漫的尘土
玩女人的风衣和男人的背影
秋天，我独坐于夜之深处
在和欧阳修交谈后
推开窗子，让那些撞伤过凡·高的星星
重新擦过我的额头

秋天，女人忙碌，诗人忧伤
秋天，我的眼睛和小河一起变清
秋天，最后一只离巢的燕子是哪一只燕子
秋天，第一粒霜落在了谁的肋骨上
秋天，我又一次逃入一本童话书的插图
我不是躲避你，也不是惧怕你的风
你的尘土和你收割过的田野
我在一首唐诗的陪伴下散步
我在找我的痛苦。秋天
让那些小虫子为李贺叫得更响吧
让那些大雁为李白飞得更高
让那些霓虹灯更亮
让女人们合理分配她们的时装，她们的情欲
让少男少女们在流行歌曲中获得更多的真理
让电视填入众生心灵中空落落的部分

让他们用存款祈祷，用晚报代替托尔斯泰

秋天，让我将手伸向你的天空吧

秋天，让我捡起你枯萎的花瓣吧

秋天，我有太多的高傲只能揣在衣袋里

秋天，我有太多的痛苦轻易就被一瓶啤酒冲掉

1997年9月24日

9.幽　居

阳光从树叶的缝隙中

漏下来

我的心和石块们一起变暖

我想表达对太阳的谢意

微风吹过，呵，谢意

树叶正在替我说出来

对太阳的谢意，对大地的谢意

我不可能比树叶和小草

表达得更好，青苔也比我

更会感谢，太阳给它的爱

那就让我倾听吧

让心灵的耳朵朝向草，朝向树

朝向树梢的微风也朝向湖中的波浪
让风把花香、鸟鸣和泥土的气息
吹入我，变成我灵魂的一部分

在这样的时刻，我是白云的收藏家
我想和小溪共用一件乐器
然而我不能
我只能坐在空无人迹的林子里
默默听着根须在泥土里的成长
默默回忆星光，回忆虫鸣
这时我感到松树长进了我的思想
这时我听到了石头的叹息，花的歌唱
啊，这时我看见凡·高割下的耳朵
正等着我去听……

1993年10月20日

10.又是秋天

又是秋天，又是黄叶落满马路
却在你的心里腐烂
又是秋天，小河向一首乐曲的深处流去
而你面对白纸，凝视满月后面的黑暗

又是秋天，又是淋湿记忆的小雨
下了一夜，却没有谁愿意走进
你内心深处的水洼，又是秋天——
日记里关满猛兽，大海的喉咙在梦中喑哑

又是秋天，回忆变得必要
独自走上一座无人的小山
把额头探入天空中的蓝色
而低下头时，却不得不面对心底的黑暗

又是秋天，又是一只伸向星空的手
沉重地垂下
擦鞋、拿碗，或徒劳地在书脊上摸索
又是秋天，一只从梦中伸出的手抓住了星星

又是秋天，又要用这片收割过的田野
丈量心灵的空间
又是秋天，又要让这场提前到达的霜
落上肋骨和灵魂

又是秋天，又是这些枯草被风高高扬起
又是秋天，又是一个女人

在服装店里买到了幸福，心满意足
又是秋天，枯萎的花像一盏盏灯被谁吹灭？

又是秋天，风的高音
需要灵魂用低声部加以唱和
而灵魂的高音，却在流行歌曲中变得喑哑
又是秋天，蓝天的蓝再次被浪费

又是秋天，你和脱光了树叶的树说话
你想唤醒一队大雁，从唐诗中飞出来
落上你的肩头，又是秋天——
你的肩头只有生存，只有十年不变的工资袋

1997年初稿，2012年5月4日修订

再写《命运牌破车》

现在，这辆命运牌破车已经

在命运中变得更破了

破得只能用十几迈来读书，来思考

用倒车档倒进回忆和悲伤

破得时常陷在往事的淤泥中开不出来

这辆命运牌破车

常常把整个下午当成停车场

用一杯杯茶水清洗心灵的风挡

让夕阳的光透进来，让晚霞的颜色透进来

现在它的远光灯已经不再能射入

尤利西斯的远航

它早已经不再去闯人性的红灯

它早已经不再贪加尼采的汽油

它用梦导航已经太久

它已倦于去生活中堵车，去金钱中超车了

现在只有天边还没压上它的轮胎印

现在只有蓝天的深处和《庄子》

值得它去自驾游

2018年2月19日

在忧伤中横穿夜晚的薄冰

总是在午夜时，莫名其妙地忧伤
一首过去年代的流行曲，或者
一本已多年不看的书
一个名字，一张抽屉中
随手翻出的旧名片，随风潜入你
在与你相遇的那一瞬间
变成一只又一只手
在你的心里，搅动不停
那些苦心经营多年的掩体
那些在诗中，在文中和画中
坚固了多年的信念，或者妄想
一瞬间灰飞烟灭
你只能听任一群烈马从忧伤中
跑进你的体内
从你的孤独里，踏出冲天的尘土
总是在午夜时被忧伤的尘土
弄得目光迷离，视力下降
前途或者理想，在摊开的稿纸中
怎么看也看不清楚
于是你只能站起来
离开书桌，也离开书架

在斗室中转圈子，在唐诗中踱步

在地板上体验李白的蜀道

偶尔掀开窗帘，听听风

风中总是有车声

看看天，天的颜色已被城市改写

童年时读熟的星星的句子

已经看不见了，已经

不能让你重新念出蛙鸣的节奏

于是只能再次坐在书桌前

看书或者发呆，数鞭子的打击

在骨头和草稿中感受疼痛

感受与一块水晶遥远的距离

忧伤还是不肯走，午夜已过

忧伤改头换面

在你心里的乱麻中，穿针走线

而你拿出旧照片，研究忧伤的进化史

在不知不觉中横穿夜晚的薄冰

太阳升起的时候，空空的热水瓶

和烟灰缸里的残茶

告诉你忧伤走了，但是还会再来

2006年12月10日

与一杯茶一起穿越深夜

轻轻把水注满茶杯
很平凡的茶，五元钱一袋
散发出似是而非的菊花的香味
却完全可以让你
在一间关紧了门窗的小屋里
拥有露水、阳光和泥土的
某种精神。水轻轻注满茶杯的那一刻
窗外的霓虹灯熄灭了
熄灭的还有肉体深处的火
曾经在床上和单位激烈地燃烧
水再次注满茶杯的那一刻
小小的一杯茶里
渐渐浮起流行歌曲的尸体
和摩天大楼的残骸
一种比真实更虚幻的错觉
将喝茶的过程
转换为，一种仪式
每夜都要开始，每夜都要你
用全部身心去体会
体会满满一书架的书
无法给你的，草地与山坡
关掉手机和电脑，关掉
电视机里的繁荣和商业

在一杯茶的旁边，坐下来
坐在凡·高画册中的那把椅子上
听风，听王维听过的风
听一匹马在你的心底越跑越远
跑向，但丁到过的灵魂的边界
与一杯茶一起穿越深夜
在水和苦涩味觉的帮助下
将心，从网址的密林中解放出来
喝着劣质茶叶的夜晚
任凭一根矛，在你的体内
刺响你体内的盾
用自己与自己拼杀的声音
惊醒一盏灯的沉睡
从一本书中射出光芒
照亮月亮的背面和心灵的裂缝
再次把水注满茶杯
再次去追思想尽头的那匹野马
你看见水浮起茶叶
浮起童年时背诵过的李白和杜甫
突然的心满意足使你坚信
茶与陶渊明，都能让你肩上的石头
在一瞬间变成飞走的气球

2006年11月5日

每周一次，我和孤独在一起

每周一次，和孤独在一起
每周一次，我享受我的孤独
上午，用于睡眠，用于
做那些记不住的梦
有时候从梦中醒来
看一眼窗外的蓝天
内心安逸，平静
像微风中的树梢
于是重新坦然入梦
不再考虑，生存的下一步
将在什么样的单位或者银行卡里
留下卑微的足迹

每周一次，和孤独在一起
每周一次，我享受我的孤独
下午，用于电视机和洗衣机
在洗衣机的声音中
我会想起曾经有过的家庭生活
那些生命中平凡的日子
如今在寒冷的自来水中

回来了，回来用看不见的牙齿
咬疼我
下午会有忧郁，以乌云的形式
从我的内心升起
是回忆中的风把它们吹入我的心灵
顽固地屏蔽着，新生活的阳光
下午，电视机前坐着一个
在老歌中寻找泪水的人

每周一次，和孤独在一起
每周一次，我享受我的孤独
夜晚是最好的时光
去一本打开的书中
追踪思想密林中，一闪而过的狐狸
去用窗外的星星
照亮，灵魂中野草丛生的角落
欲望的湖水也平静了
夜深人静，一杯清茶使你拥有了
古人的风度
偶尔写下的几个字，总是
离心灵很近

再不必为钱包中的空旷而焦虑
再不必为人心中的悬崖而绕道而行
这是属于我的时间
我在孤独中听见欢乐破土而出
我在孤独中，找到了反孤独

2007年12月9日

和三年不见的友人再见并同饮有感：
赠马永波

三年不见，时光的粗野手指
并没有在你著名的脸上
留下岁月的花押字
留下可供阐释的部分
现在你就坐在我的对面，笑得祥和
呵呵呵的
一副已经把命运的野兔
训熟后才有的坦然

仍然高大、俊美，仍然
把一首原文的叶芝浪得格外低沉而婉转
让一条曲折的回廊在一分钟内穿过我们的心
谁在这回廊中走，是叶芝
还是你？掌声停止后灯也亮了
你的眼睛在对面闪光
而更为闪光的眼睛，属于在座的
所有女士
照耀着今夜这忙碌人生中平常的一餐

酒是好东西，酒
这激流般滚过我们青春岁月的上帝的恩赐
再一次，把我们带离了中年的寒意
似乎一切都没有变化
80年代，90年代，04年的
长春，05年的阿什河，06年的
四平。一切都如在眼前
一切，好像只是发生在昨天
昨天，你站在白桦林中
目光忧郁而迷茫，似乎早已看见了
我们今夜的频频举杯，看见了他们
转身离去时黑洞洞的背影

平静地散步在寂静的湖岸
每一步都随意、自在
有着历经所有激情和针尖后的慵懒
有着，敢于踩在石头和狗屎上的倔强与无所谓
而轻松的交谈，不会惊动
草丛中任何一只贪玩不睡的小虫
而涉过了多少人世的险滩和暗河
才能快乐地走到
这盛夏北国的清凉夜晚
啊，真好啊，十五的月亮

这张若虚和博尔赫斯的月亮
这把我们带离凡俗一公尺的月亮
高悬在一句古诗中
而你站在湖边，招呼我们
看十五的月亮在黑暗的水面上
化成一条蛇游走

2010年7月28日

读奥拉夫·豪格有感

奥拉夫·豪格，我想
你的前生一定是一个
中国人
个子矮小，罗圈腿
身体瘦弱
一阵秋风，就能把你吹回古代
吹进一首七律里面出不来
奥拉夫·豪格，我想你的前世是在
中国的明朝
一个活在明朝的中国人
在江南的小桥流水边
在"浮生半日闲"中漫步，看绿草茵茵
在天边融化
看白云变幻万千，最后
在一张宣纸上停下
一个中国人，想不到他的来世
会在冰天雪地的挪威开始
在二十世纪开始
现在他只是一个中国人，一个明朝人
一个，几百年后的

奥拉夫·豪格

在后园读累了陶渊明

就去内室煮酒小酌

夜晚，黄酒把他内心的石头

泡得很软

而虫鸣把他的寂寞

从他看不见的地方，他的体内

全部叫了出来

——叫出来包围他

长夜漫漫，他已倦于去李白的诗里翻出月亮

他已倦于，用狼毫

把天上的星星

一颗一颗涂掉……

奥拉夫·豪格，一个

大个子的挪威人

挪威诗人，间歇性精神病患者

热爱中国古代诗歌

热爱屈原、李白、陶潜……

在一片茫无尽头的大海边

在冰天雪地之中，在一棵

用满树花朵追捕太阳的苹果树下
他热爱着他没有见过的国度
热爱着，他不认识的方块字
他说他走进了一扇，黄色的中国门
在他的梦里，在他的来世

2011年1月4日

海子传

身材瘦小的安徽人，黑发少年
眼睛里闪烁着，两颗
雪莱诗行中飞出的星星
却从没有升上，墨一般的生活的天空

在城市的霓虹灯中跋涉
迈着行军者的步伐
你在首都琳琅满目的商品里
寻找那只凡·高割下的耳朵

你没有找到你的瘦哥哥
你把手指插进他画中的黑火焰
然后醉意阑珊地去找骆一禾
让他用星星的方程式，计算你烧伤的程度

时代与你无关，大楼与你无关
时代的广场也与你无关
你赤着脚从一页又一页稿纸上走过
走过荷马的海滩，走过但丁的森林

黄昏让你忧伤，亚洲铜独自流浪
乌云的重量，大雨的重量
又一个深夜你要无声承受
你要悄悄藏起，你被闪电划伤的心

兰波也要藏起，他被闪电划伤的心
十亿人民都坐在电视机前
你又怎能翻开《浮士德》
把天空翻得千疮百孔

身材瘦小的安徽人，黑发少年
青草和野花
在家乡的河滩和你的体内疯长
从一行行手写的汉字中长出来

遥远的西藏啊，火热的太阳
你能去天空深处搬动，米开朗基罗留下的石块
却无法在衣袋里理顺，城里人讳莫如深的名字
火热的西藏啊， 遥远的太阳

啊，从来就没有长大
大到足够，可以懂得女人的年龄
与神话中的仙女们谈得太多
你的梦话，精密的城市女郎听不懂

你也听不懂那些诗人们的喧嚣
混着些麻雀和家猫的调门
你不懂，你只想和屈原合唱
唱出与蓝天平行的声音

是的，爱情就是用诗歌在水中捞月
就是德令哈孤寂的今夜
就是比命运女神还多一个的四姐妹
爱情就是灵魂的谜语，被肉体猜破

怎么可能不冲着太阳的耳朵，喊出黑夜的心声
怎么可能不把星星的子弹，压入内心的枪膛
怎么可能不把麦地卷成一团，随时带在身边
随时在一行行诗歌中打开，故乡青草的芳香

也许一切都会好的，你会和城市
合辙押韵，你会握紧新时代的手
在办公室中，治愈你被劈开的疼痛
在职称和金钱中远远逃离，十个海子对你的合围

或者学习西川，四平八稳地写诗
起承转合地做人，站在大师们的身后

稍息、立正、向前看齐……
在永恒的二路纵队中，占好一席之地

但命运已经订好了船票，荷尔德林
已经闯进了你的身体
在心底的伤痕中，你数尽了天上的星星
在野鸽子的翅膀上，你收获了李贺的飞翔

后来，太阳在你的手里变轻，你要带着敦煌上路
后来，你去凡·高的画里找到了远行的鞋
后来，时代的车轮从你身上轰隆隆辗过
后来，历史追了过来，沿着你血流的方向

1999年9月8日初稿，2012年4月6日修改

波德莱尔像

好一片宽大的额头
宽大得就像是一座
飞机场
一百五十年来
无数的灵魂在这里起飞，在这里降落
在这里，诗歌的引擎轰鸣不止
在这里，天堂落入地狱，地狱
飞入天堂

仔细看，眼睛里
有灯，有针，还有子弹
灯可以照亮语言中的黑暗
针可以刺痛小市民的趣味
子弹，则可以源源不断地压入
那些翻开《恶之花》的心灵
可以用来射社会，也可以用来射金钱
把金钱社会打得千疮百孔，鬼哭狼嚎

稀疏的头发中，有时间经过的痕迹
有年华流走的痕迹
也有痛苦和忧郁，为所欲为后的痕迹

薄薄的嘴唇，好像随时都能张开
然后说出一连串的
巴黎的秘密和梦的语法
鼻子肯定是用来嗅真理的，好像还在工作
耳朵则一定可以听见未来，似乎仍在谛听
而这张脸一会儿从雾中浮出一会儿又
隐入雾中
让我的心追得好累
让历史追得好累

2017年10月14日

读策兰

用浸透了血的语言写雪
用残生，走死亡冗长的黑暗隧道
用绝望，注释希望
用流亡，还乡
用赎罪，证明自己无罪

你只好把歌德的德语
拆成一地碎砖碎石，然后
把它们重新筑成，策兰的德语
以保证你的幽义和隐喻
从没被希特勒说过

让诗意的飞船
挣脱语义的大地
挣脱生存和人类的引力
语言的飞碟，策兰之诗
我今天下午看见的，不明飞行物

从灵魂的枪膛里
射出子弹般的诗
射向充满问号的眼睛和
筑满柏林墙的头脑
直到塞纳河上，漂起了一个
上帝的空弹匣

2017年10月5日下午

落日的句号

我知道这个消息
早晚都会到来
但我没想到的是
这个消息，会在我的耳底和心底
变成一堆沉重的巨石
滑坡了几十秒
又滚动了几十秒

辉煌的人生，早就已经
不惧怕画句号
辉煌如余光中的人生
句号，也会是一轮落日
巨大的，血红的，圆圆的，慢慢的
仿佛永远都不会落下去一样
把一半天空都涂成了红色
让神圣和神秘在宇宙红中现身
让人间的凝望者们
无端端地感到
天地悠悠的壮哉和恍兮惚兮

逍遥游去吧

追云彩去吧

玩虹的滑梯去吧

羽化成仙去吧

御风而行去吧

成为文学史的景点去吧

与天地同在去吧

永恒去吧，不朽去吧

去吧去吧去吧去吧

去找李太白喝酒去吧

去和莎士比亚说英语去吧

去为凡·高讲述荒谬的二十世纪去吧

去用一首又一首诗歌丰富历史的星空去吧

啊啊，辉煌如余光中者

落日为他的人生画句号

天地为他的落日搭舞台

啊啊，辉煌如余光中者

其在，让大海沉默

其去，让时间定格

2017年12月14日

又看凡·高自画像

这一头红发
是梦想烧成的？还是
焦虑烤就的？
这一双眼睛的深处
是天边，无人到过？
还是深海，让心灵沉船？

也许，只有割掉人的耳朵
才能长出神的听力
因此这一只断耳，不听人间
听天堂
因此这一幅幅油彩
不画风景，不画美人，更不画
资产阶级
只画梦，只画未来，只画
命运的方程式

凡·高
温暖过我整个青春时期的你的自画像
今夜仍然能让我的心灵出汗

2016年11月30日

购得《洛夫诗全集》有感

这些分行的汉字
这些或长或短的句子
这些曾经是火焰也曾经是海水的
句子，这些十级狂风一样
在我心里刮了很多年的句子
这些诗章，现在
像一棵过分枝繁叶茂的大树
停在我视野的尽头
我的手抚摸着它，我的心里
却已经飞不出急于栖落的鸟

我知道阅读如同远行，书籍
就是风景，风景是带不走的
风景属于风景本身
但总有一些书一些名字环绕着我们
让心灵找到定居的地方，让情感可以游牧
我不知道，心灵画出的半径中
已圈进了多少书，多少不朽的名字
我只知道这两本蓝皮的书籍
正在我的视野中闪光
它们是两扇藏在时光中的大门
还会再一次叩痛
我急匆匆的手指

疯　车

孤独和蓝天，梦想和酒
是永远的燃料，是核动力
驱动你在自我的轨道上
奔驰不停，轰隆隆地，并且尖叫

单位，很快就开过去了
家庭，也渐渐落在了身后
浮名与功利，也越落越远
就连欲望，也不能并驾齐驱

疯车，轰隆隆开着，开着而且尖叫
从性格中喷出浓烟和火星
疯车，没有停靠站，没有维修站
只有掉落在往事中的失败

石头一样坚硬，石头一样滚动
只有空虚，只有黑暗，只有忧伤
只有命运早就确定的无意义
等在前方，等在上帝才知道的终点站

梦想和酒，孤独和蓝天
驱动你奔驰于，自我之轨
心灵溢出的焦糊味，已冲破
社会的瓶塞。还是奔驰，奔驰

仪表盘里，有陶渊明的刻度
指针，却总是不能以兰波的方式
转动。永远都无法指向凡·高的速度
永远都在自己不知道的地方，拐弯

车窗外随时都可能出现，命运的扳道工
你却永远什么也看不到，看不到啊
但这却是最合理最幸福的安排，是恩赐
在该转弯时转弯，在该脱轨时脱轨

块 垒

总是在午夜时分，万籁俱寂以后
我胸中的块垒就会突起
就会，定期挤痛我的心灵
我会听到回忆中石头相撞
一把看不见的刀，在一个又一个名字上
不停地割我的血肉

往事的炎症又一次发作
脓血和疼痛，蒙住我的眼睛
此刻我翻开的任何一本书里
都没有篝火，也没有星光
我想起的任何一张脸上
都没有鲜花，没有笑意

常常在这样的午夜时分，万籁
俱寂以后，在心被一块块石头
追得无处可躲的时候
在把叹息夹在书页中以后
我会感到我胸中的块垒
已经变成了，我性格中的珠穆朗玛

人生中途

迷路的感觉又一次变得强烈

虽然一切都在那里，清晰可见
阳光明亮，地板清洁
书在书架上，手机在茶几上
风踩着树梢远去
蓝天高远，白云自在变幻
停在楼瓦上的鸽子
披着阳光

但就是觉得自己
被关进了一间，黑洞洞的小屋
但就是觉得心里堵着半座长白山
但就是觉得，五色的气球
正在被针扎破
但就是没办法
透过现象看见本质
透过五绝看见王维
透过眼前看见天边

迷路的感觉又一次强烈

尤其午夜不睡时

尤其中午小憩，忽然惊醒后

仿佛一直都走在一片

阴暗潮湿的黑森林里

没有鸟鸣的合唱队

没有树叶筛下的阳光

没有野花的明眸善睐

仿佛已经这样走了十年，二十年

每一页书上都有沙丘起伏

每一次远望都被一堵墙挡住

每一张笑脸，笑着笑着

就露出了尖牙

也曾乐于从酒瓶中倒出欢乐

让醉把生活变成打击乐队

也曾相信梦是一支长矛

写会把它越磨越锋利

也曾不敲门就去推一颗颗心

也曾以本来面目，参加假面聚会

迷路的感觉越来越强烈了

好像弓弦已拉到了尽头
好像汽车被卸走了轮胎
好像只剩下最后一颗子弹
好像又有一扇窗被无声地关上

2018年1月10日

在听觉中开门
——写在接听诗人周伦佑电话之后

从数千公里以外
从无线电波中，从人性的春天
和花园中，从盛夏一般温暖的友谊中
从一只大鸟穿越古今的飞行中
从青铜的喉咙和巨石的胸腔里
从一台功率巨大的思想机器中
到来。他的声音，不只是话语声
还有血液的温度、骨骼的硬度
和心跳的速度，以及一只拨开
乌云的手，从远方伸过来
深入我的心底和心伤

他的声音戛然而止，绝不
拖泥带水，绝不温情脉脉
像一扇门——瞬间关闭
像一道光——闪耀又消失
像一块巨石滚入山谷
只有阵阵回声
充满了我放下电话后的
这个下午……

2017年6月初稿，2017年11月3日完稿

赠诗人张永渝

人群中你很高
并且宽大，脸上涌动着
笑的波浪

总是骑摩托掠过城市
并且把马达的手榴弹
掷向天边

把一万本书踩在脚底
把心搭上梦的弓弦
射诗，也可能射日

我有何德能，有幸
用手指扣响了
你心的门环

边城秋高气爽之时
你新出的诗集又要冒出热气
你召集兄弟们聚餐意象与超现实

一步一步量着灵感的大小
把遥远量到脚下
把热情与壮心晃出啤酒沫

我有何德能
在你的手里握到了手
在挥手时让心摇成风中的树枝

2017年4月23日

清晨的静物

一只落在树上的鸟
不知从哪儿飞来
也不知何时落下
它，落在树上
让风静止，让时间变慢

一只落在树上的鸟
披满阳光，好像
刚刚从孩子的图画本中
飞出来。一会儿
它将振翅，并抖落身上
人类目光的重量

我的想法惊动了它

2008年10月31日

咀嚼童年

这是我今年夏天的发现
童年，可以咀嚼
可以经由牙齿、舌头与鼻子的合力
重新回来。回来
充盈我的心灵

具体的做法：
把被化肥（也许还有转基因）弄得全无西红柿之味的
西红柿，清洗干净
然后用刀把整个西红柿切掉
留下连着柿子秧的那一部分
然后把这一小块以及柿子秧
一起扔进嘴里
一种久违的清香
童年的清香，还有时间的沉香
就会以穿越的方式
回到你的心灵

因此，这个夏天
我常常买回几个西红柿
咀嚼童年
咀嚼严严实实地覆盖着我的童年的
那片绿色的故乡的原野

清晨的鸟鸣

天发白的时候传来了
一阵阵的鸟鸣
清澈，如同刚刚用水仔细地洗过
圆润，如白居易诗中的大珠小珠
婉转，如莫扎特没来得及谱出的乐曲
美妙，像少女的手指悄悄摸过我的内心
鸟鸣，从我看不见的地方
从四面八方，又像
从我的心里
传来了，这一阵阵的声音的钻石

我注意到，这鸟鸣只在天发白到天大亮的半个小时中
才有，才响起，才清澈圆润婉转美妙
等到人声车声以及其他城市的声音
都响起后
它就消失了，像从来没有过一样

一连三天，都是这样

上午，一个人看窗外之秋

云缝中泄下明亮的阳光
让你不时眯起眼
天蓝得让你直想，一头撞过去
从地球撞入火星
从三维撞入四维
从杂志撞入佛经

竟然还有燕子
像怀素草书中最快的一笔
从窗前掠过
草地上白色的蝴蝶
多得出人意料
看久了，你的心
竟蠢蠢欲飞

黄色的野花仍然在眨动着俏眼
树叶却已电压不足

草也穿旧了它们的衣服

从天边到天边

灰云中怪脸起伏

当你从窗边回到桌边

一壶茶已经泡老

2017年9月12日

阅读：磨快心灵的镰刀

我曾熟读此书
此书的每一页上
都留有我的指纹与生命
我青春的慢车
曾经咣当咣当地行驶于此
此书曾遍布我心灵的小站
漫漫长日或漫漫长夜中
我的梦随时下车
卸下忧伤与迷茫
带走希望与坚持

此刻我又一次翻开此书
把心高举如一把锄头
我顿觉好书就是一片好地
读者要像农夫春耕秋收
像侍弄田地一样地阅读一本书
把心磨快，像农夫磨快镰刀

2017年6月23日

深夜修改旧诗

深夜修改旧诗
在一盏台灯的拷问中
在一架看不见却总能把心
变成困兽的笼子里

深夜修改旧诗
让心情玩滑梯
让心情打秋千
让心情坐过山车

深夜修改旧诗，你才知道
语言内部的黑暗
比窗外的黑夜，更黑，更暗
修改如烛火，在纷乱的字迹中颤动

深夜修改旧诗
在一杯杯浓茶的安慰中

在一阵吹自命运的风中
打几个冷战，擦几滴冷汗

深夜修改旧诗，叹息的玻璃球
滚得满地都是
你却一颗也无法
把它们弹回遥远的往昔

2017年3月22日、3月24日

拿玻璃的人

看不清他的样子和年龄
只觉得他的背影
像一粒沙子，在眼眶中
好半天都揉不出来

他小心翼翼地走着
每一步都能踩疼大地
他身体中的每一块肌肉
被一张看不见的弓，拉满

因为他知道，夹在他腋下的东西
石头般沉重和坚硬，但比纸还易碎
像空气和孩子的心灵一样透明
但随时都可以比钢刀更锋利

他小心翼翼地走着
把我的目光带向远方和昨天
直到我从他的背影上，认出了
多年来我在生活中的样子

2017年3月17日

窗 子

年轻时，希望
是我的窗子
我每天都要趴在
梦的窗台上
向未来眺望，向幸福眺望

后来，生活
成了我的窗子
我每天都开窗，跳窗
有时推开一个女人
有时跳到新的单位去
有时干脆把啤酒瓶底
当成天窗
用醉朝上看，朝浩淼里看
结果我的生活四面漏风
结果我的日子成了一扇
关不上也修不好的破窗

现在，我的心关闭了所有的窗子
我也不再去任何人的心上，推窗
虽然月亮的窗，还时常让我看见古代

虽然诗歌的窗，放进来的不是阳光
而是冷风
虽然每本书都能让我凭窗远望
虽然往事是一扇擦得太亮的玻璃窗
虽然我知道明天就在窗外
但命运之窗，是一扇黑窗子
不透亮也推不开
而人生是一条没有窗子的走廊
走廊尽头的那扇窗
人人怕看，人人怕推，人人不想翻窗
但人人都得站在
这扇窗前

2017年3月14日下午

某日下午，阳光中翻看老书

从老书中翻出来的
不只是字，被时光染黄的纸
还有长出了锯齿的记忆
还有突然加快的心跳
以及落入心跳的一块石头
以及一张从水底慢慢浮出的脸
以及一扇半开半闭的门
以及一些针，一些突如其来的刺痛
以及一盒火柴，每一根都能引起
灵魂深处的火灾……
这个下午，太阳照着老书
我的心一阵阵返潮

2017年2月18日

在人群中

在人群中我是一条

悄悄流远的小河

找不到可以注满的心；

在人群中我总是

走进小巷，两边是高高的墙；

在人群中我被揣在

名叫自我的裤子兜里

没人把我掏出来，掏进

阳光一样温暖的笑脸里；

在人群中我总是调高心灵的枪口

让思想放空炮；

在人群中我的手没有弹到琴键

在人群中我的手无法变成钥匙

在人群中我们握手，寒暄，喝酒，交谈，笑语喧哗

在人群中

人与人的距离高度精密

每个人都有一张井盖

每颗心都是一口深井

2017年1月1日

深夜十八行

深夜，我又一次感到
忧郁袭来并漫成了一片
冰冷而广阔的湖面
深夜，我的心奋力地蛙泳，蛙泳
向着唐诗辞典里
那片诗句的岸

深夜，风一直都在窗外发怒
用那棵刚刚长满了叶子的树
深夜，我重重地摔上了
记忆的大门，又有几扇情感的玻璃
被我震碎
深夜，我从往事大厦里踱出来
我带回了一块
十年那么重的石头

深夜，星星的冷枪偶尔也会击中
我的遥望
深夜，我给童年打电话
我拨通的故乡，无人接听

2016年5月24日

下　午

下午，阳光明媚，蓝天如洗
心情被太阳照成了
一扇刚擦过的玻璃窗
下午，拉开心灵的抽屉
把昨夜没用完的忧郁和春雨
统统锁进去

下午，擦地，浇花，洗茶盘，洗杯子，洗壶
泡茶，把老普洱中的九十年代
泡出来
泡出自得其乐，自乐
泡出岁月沉香，自嗅
下午，看书，书中的字里有火
下午，望远，远方除了遥远还有许多大楼

下午，阳光明媚，回忆悠长
又一个旧友的脸，隐入乌云
又一个电话号码，被删进了宇宙洪荒
下午，独自一人，独享寂寞
看紫砂壶上的手工，看流和把
看壶身的浑圆和丰润

看出许多手来，在幻觉中
和你相握

下午，茶饱后天已黄昏
放下书，让回忆的发动机也熄火
西望，太阳又红又大
又红又大的太阳啊
正好做灵魂的背景墙

　　　　2016年4月7日下午

现实一种：电脑语言

今晚，天空又一次黑屏
午夜过后，重启都未能完成
站在小区的院子里，我用遥望和失望
反复搜索，竟找不到一颗能打开的星星

今晚，空气的老程序
急需更新，急需下载更多的
氧气的补丁和风的插件
急需一场雨为街道换上新的桌面

今晚，雾霾这该死的病毒
又一次大爆发，整座城市的肺
都出现了硬件问题，可汽车仍在疯狂地复制、粘贴
阿门，什么样的新技术，能为未来杀毒？

今晚，我又一次用忧伤做密码
悄悄打开了，心灵中的N个加密文件
而回忆是最安全的社交软件啊
今晚，我用它和初恋视频，我用它和童年聊天

2014年10月22日

慢

慢下来吧，慢吧
在一杯又一杯茶里
在一页又一页字帖里
在儿子的身边，慢下来

慢才能体味，才能从心里往外搬石头
慢才能感受，才能去数野花的眼睫毛
慢才能回忆，才能用老照片酿酒
才能被往事灌醉
慢才能把针磨得锋利
才能把记忆的碎片，缝成心灵的衣服
当闪电以慢动作
划过内心的时候，生命
才能被照亮

慢下来吧，慢吧
在深夜听雨的时候
在黄昏看云的时候
在风吹树叶的声音中，慢下来
慢就是长，长夜漫漫或者长日漫漫
慢就是深，深深的无奈或者深深的遗憾

慢就是水滴石穿，慢就是春华秋实
慢才能摸着胡子像摸着了刀
慢才能把一条小溪，慢慢听到心里
用慢看花开，花就一直在开
用慢看蝴蝶飞，蝴蝶永远在飞
慢吧，当一本书越读越慢后
一种快就要开始

2014年7月24日

午夜时分置身于寂静之中

如此寂静，以至于让我听到了
谁在我的体内，敲钟
如此寂静，以至于一只老虎走远的声音
从表盘中传出

如此寂静，我听到往事在长牙
如此寂静，我听到十年前的一场雨
如此寂静，黑暗中有许多门
如此寂静，时间的深处有人在拉琴

年过四十之后，才有条件
在寂静中听到一个乐队
在不寂静中，坚决关上耳朵
年过四十之后，才能在自己的心里迷路

才能向窗外的那轮月亮走去
才能离一句古诗越来越近
才能在这样的深夜中，在黑暗里
置身于寂静，置身于从童年吹来的一阵阵风中

2014年3月19日

整整一天

整整一天，阳光灿烂
风吹动窗外的树
树枝像一些奇怪的手指
揉着我看不见的琴弦

整整一天，我在我的心底
听见脚步声
仿佛在走近，其实已走远
是什么经过我而不留下问候？

整整一天，天翻开的都是同一页
蓝色读久了，也会让人迷惑
一朵朵白云在隐喻中飘远
黄昏时，晚霞像多余的注解

整整一天，我都在开锁
旧日子被一间一间打开
我在老照片里越走越远
整整一天，我路过童年但我找不到我

2014年2月2日

有时候

有时候，诗情在你的内心
滴答个没完
像一枚坏了的水龙头
有时候，诗情
离你远去，半年中你的内心
挂满空空的鸟巢

对一个有志于诗歌的人来说
这些情况都很正常
不正常的是
很多人把坏了的水龙头
叫作诗歌
更多人在空空的鸟巢中
放满，塑料制成的小鸟

把水龙头关紧，让水压
升高，高到诗歌的清水
喷溅而出
喷溅而出但不破坏，语言本身的干燥

或者日复一日，目送
诗歌的燕子飞走
只要你的灵魂保有，完整的四季
诗歌的候鸟，就不会放过
你生命中任何一次春暖花开

2010年11月12日

放风筝：回忆青年时期
的一个下午

初夏的一个下午，阳光明媚
满天都是
刚从画框中飘出的白云
新叶的绿意饱含清水
让我们的目光也流动起来
微风像懂事的小手
从草尖一直探入
我们深深的心谷

为什么而齐聚广场？已经
记不住了
为什么是我们四个？
也已经忘记
只记得我们的交谈和笑声
是一块美丽的波斯地毯
密密织满，我们隐秘的情愫
只记得地质宫广场
巨大而空旷，正好适合
我们四处飞奔的情感
只记得后来我们开始放风筝

在青春中奔跑，笑
让心，随风筝飘起
又随风筝，一头栽下

你讥笑着我们三人的技术
用笑声的波浪，打湿我们，淹没我们
你剪纸一样的双肩抖动着
把我的目光，卷进一个
我看不见的深深的旋涡

他们两个，小崔和小陈
还在努力
还要把风筝放起来
让你黑色的眼睛能飞上半空
让我们的远望，能吻上白云的嘴唇
而我的心
已追着你眼睛中的闪光跑远
像一只失群的无助的小鹿

许多年以后，我才知道
作为风筝，你从来就没有

在我心灵的风中飘起

作为另一只风筝，我

一直都被你抓紧线轮

一直都在你并不知道的牵引中

高高飘起或者，一头栽下

2018年1月29日

我 们（组诗）

1.我见过……

我见过你轻盈的时候

虽然现在你已经发胖

我见过你长发的时候

虽然现在你盘起了头

我见过你白皙的时候

虽然那年月什么化妆品都没有

我见过你双肩纤弱的时候

仿佛轻轻一阵来风

就能让你高高飞起

我见过星星在你眼里眨眼

我见过你额头明媚光洁像一轮满月

我见过太阳和你一起走进教室

我见过一朵花在你的笑容中

开了又谢，谢了又开

我听过你笑声的溪流

我听过你脚步声像音阶

在走廊里由远而近，时高时低

那是很久很久以前的事了
你那时还是少女
我那时也还是少年
是的，我见过，我听过，我相思过
我痛苦过也幸福过
那是很久很久以前的事了
现在想起来就像假的一样
就像盛夏午后的幡然一梦

2017年11月4日

2.用词语做梦

你的出现让我猝不及防
大海涌进了我的心房

我的眼前全是你的脸庞
当我发呆，或把天空凝望

记忆不再是一座空房
往事像提琴被伤心拉响

我又开始读那些柔情的诗章
夜晚重新变得漫长

日子里又有了爱的芬芳
思念很苦，但灵魂甘之如糖

什么也不想做，只想拥你在胸膛
什么也做不下去，只想面对你目光

哪怕还是梦一场
只求梦境被拉长

2017年8月22日

3.看你照的花

你把你的笑容留在了
你照的这些花上
这使反复看照片的我
恍惚一下午后，又迷茫了一上午

我不知道该怎样对待这些花
因为这些花中有你在笑
我也不知道该怎样忘掉你
因为昨天重启后变成了明天

岁月快马加鞭，一溜烟远去
只把发胖和皱纹，留给了我
还有记忆与忧伤
以及往事中的那座迷宫

我是不是该沿着你照的那条小路
无声地走远
走进心灵深处的大森林
走到相聚之前的那些暗黑的岁月里

你把你的笑容留在了
你照的这些花上
这是否会让反复看照片的我
多出一项特异功能：

从此一看到花就想起你
从此我在所有的花里
都能看见你的笑脸
从此我的回忆将成为花园
——因为这些你照的花

2017年7月25日

4.难　忘

我还记得你脸上那吹弹可破的
皮肤和表情
以及你抿在嘴角的笑意与骄傲
以及侧身回头时阳光般的一瞥
如梦岁月，总有一只鸟从你的双眸中
一掠而过
我的心就会飞上半空，然后
重重地摔回胸膛

曾经，你的脚步声把我的心
响成了一条永不安静的走廊
曾经，无望的爱
像一捆绳索，把我紧紧地绑在
一根冰凉的石柱上
曾经，你来到了我的梦中
然后惊醒，用一万根针
扎遍我的全身

我还记得你猫一样的转身和伫立
我还记得你瘦削的肩头上那细碎的发丝
我还记得六月的热风吹起无尽的杨花

校园像一幅画
暗恋是画中最暗淡的色彩
我还记得——
夜空摇动星光的万花筒，高考的
终点站到了，但我不知道
哪颗心会被哪颗心
悄——悄——带——走

当岁月把我变成了深井
我才知道，回忆的井绳太短了
当青春已成为翻烂的封面
我才知道，生命有太多写错的章节

今夜，难忘像一辆车越开越快
我在封闭的车厢里跳不下来

2017年5月

5.给

我在变老，你也不再年轻
虽然那些开水一样沸腾的日子
仍然能够煮热我们的回忆

但我在变老，你也不再年轻
在我们的交谈里，多了健康、休息、孩子
在我们的生活中，少了拥抱、亲吻、汗珠

不再用火去点燃火
不再以绽放回答绽放
你站在我的面前，像一潭深水

心和心已经不再需要指挥棒
只要在一起
我们就是一首合拍的音乐

眼睛中不再射出绳索般的视线
因为已无须捆绑，因为已无须系紧
你都在我的生活里，我都在你的日子中

那些离离原上草一样的日子
那些夏日正午一样的日子
那些炭火一样红彤彤冒着烟的日子

消失了吗
过去了吗
减弱了吗

没有消失，没有过去，更没有减弱
只是我不再年轻，你也正在变老
只是红玫瑰换成了紫玫瑰

让情感尽情冲刺，还是
让感情持续长跑？
我想最好是：让心和心并肩散步

我在变老，还会更老
你不再年轻，将越来越不年轻
在我们的日子里，将少了花园，多了山路

那又能怎么样呢？
当我们成为真正的老人之后
我希望：你是我的椅子，我是你的凳子

我希望在月明的夜里和你一起静静地看月亮
并且在树叶被风吹响的时候，说：
只要我们在一起，时间就是纯银的铃铛

2017年1月22日

6.他和她

像雾一样地涌来，弥漫，她
让他身处其中，让
道路在脚下融化
一步就可能踏入断崖

像一列火车一样，她
轰隆隆地进站，车门打开了
车票却不在他的手里
他的茫然比天空还广大

像一场暴雨一样，她
下了起来，越下越大
排水设备已年久失修
他的心里，一片汪洋

像一本印制精美的书，她
突然就摆上了他的书架
但是书中的字，他不认识
她打开，但他一个字也读不懂

对他来说，她是旅游景点
经过是美丽的，回忆是忧伤的

对她来说，他是出租屋
因需要而居住，因不需要而离开

2015年夏天

7.那个早晨

那个早晨，那个命中注定
像石头砸在瓷器上的早晨
像针尖扎穿了气球的早晨
像柴火填入了灶膛的早晨
像大堤决口，像檑木滚下山坡的
早晨啊，那个早晨，那个
伤心的早晨
那个羊圈中闯进了一群狼的早晨
阳光明媚，而我在命运的死胡同里
追赶你的影子
已经跑了一夜

那个早晨，阳光明媚
而我坐在床上
而我坐在情感的塌方现场

把错乱的牙齿，咬进
记忆中最疼的部分
那个早晨你用狂风敲门
那个早晨我用海浪开门
但一切就像，什么都没有发生一样
你把三个月还给了我
我把三个月摔成了碎片
那个早晨
我看见小鹿在你的眼神中
一掠而过

今夜我又一次想起了那个早晨
今夜那三个月的重量，再次压弯
我的心灵
好沉重的阳光啊，好沉重的火
我记忆里永远的盛夏，我记忆里
永远的那只小鹿
已在你的眼神中跑远

2005年残稿，2014年6月5日完稿

8.无言十六行

在遥远的他乡，风吹草低的地方
你猫一样的转身和自恋
有时会把石头的滚动
带入我长夜漫漫的心底

感情和欲望，可能都是盲目的
他们不知道，将在哪一站下车
生命的旅行因此而充满趣味
在命运的天空下，飞满失群之雁

只有梦会带来计划之外的小路
一颗心在前往另一颗心的途中
总是会停止于，一次必然的惊醒
因此，无所谓结束，因为从未开始

在遥远的他乡，风吹草低的地方
你对准明天的望远镜拿在谁的手里？
而我知道的是，风景像卷轴一样打开
又将像日记一样合上

9.给

许多年，一个人在城市中奔波
许多年，落叶，堆积在心里
生活的污水池中
早就分不清是黄金还是粪土
许多年，面向天空歌唱
却在大地上，醉成了一摊泥
我认为我已走到了
爱情的尽头
我觉得我这颗心，早已经成为
石头的领地
再不相信什么一见钟情
再不渴望，在一轮圆月的下面
和一个人一起
走进，一首宋词的意境里
在越来越空旷的钱包中我跑得好累
在越来越深的酒杯中我爬不出来
在时间的沙漠中，你来了
就在春天变成春天的时候
你来了
你在我的梦里，睁开了

你小星星般的眼睛

我无所适从，我魂不守舍

在小草的身上我找到了你的腰肢

在春风的温度中我感受着你的性格

我不知道该和你说什么

爱，或者很爱

当那一天你的背影变成了全部的天空

我决定为你年轻

我决定让我石头般的心也钻出绿色

让石头也为你变绿

啊，你风一样的身影多么难以捕捉

你看，我伸着手

这个曾经麻木到指甲的人

你看他的渴求多么可怜

多么真实

在春天变成夏天的这一刻

我期盼一场大雨落自你黑葡萄的眼睛

落自你黑葡萄的眼睛

并且泛滥，并且漫出我的梦境

2006年12月28日

10.题　赠

老去的是时光，不是眼光
虽然不再零距离凝望
心却早已，调到了同一个方向
且回首我们生命共有的荒凉
且翻阅这失意者人生的诗行
且让回忆如扑向沙滩的波浪
且在心灵中，推开一扇小窗
——你寻找绿色与希望
——我看见悲伤和过往

2012年11月29日

与友人谈起共同的友人后回忆并有感

你的天才曾经升起一轮
八九点钟的太阳
在吉林大地的上空
明媚，鲜艳，像缪斯亲手点燃的大火
让看见者垂下头
让词的光明，一行比一行更强烈
一行比一行更炽烈
让一个时代的苍白
泛起修辞的玫瑰红

我曾听过你爽朗的笑声
但不知道笑声中有一条正在流远的小溪
我曾见过你宽大的书架
但不知道你从书中翻出了猛虎又翻出了海浪
我曾听你描述过你的生活
但不知道你正在把你的日日夜夜装上车开走
我曾仔细阅读过你的著作
一句句的，一篇篇的，
但我不知道你用汉字竖起了一架高梯
使天空都变低了

你曾借走我抄录海子诗歌的笔记本
那里有我难看的歪歪斜斜的手写体的青春
你曾在那一年突然出现
像一只远飞归来的大鸟
羽毛依旧光彩夺目，但翅膀却已经不再展开
然后，你去哪里了呢？
再没有电话响起
也没有梦醒后长久的无眠和忧郁
你去哪里了呢？
城市，不再有一个正在走进油画的背影和一双裸足
而半部文学史空着，空了二十年
空到如今

此刻，我们在渐浓的夜色中说起你
让回忆的捕蝶网
东一下，西一下
中国一下，美国一下
让心灵中关闭了多年的门窗
吱吱呀呀地打开
此刻，车窗外已经黑透
车内，沉默开始
再没有细节可以灯一样地亮起了
再没有感叹可以改变命运的方向了

再没有一个你这样的女人
出现在我们的视野里
沉默中，我似乎睡着了
又好像一直醒着
而你，是一块巨石，巨石
——我的灵魂是否还要继续扮演西西弗斯

2016年9月29日

第三辑

父子童年对比录

父子童年对比录

当你又一次坐在电脑前，儿子
从噼里啪啦的键盘声中
找出各种武器
在二十二寸纯平屏幕上
穿过，安徒生没有写过的风景
用《西游记》中没有的武器
杀翻，电子游戏里
一头又一头怪兽时
我突然想和你对比一下
童年。儿子
让我们对比一下童年
让世界在比较中变得清晰
让生活和时代，在比较中
显露不同的质地

首先需要强调的是
儿子，你今年刚刚12岁
"90后"的少年
唱歌只唱周杰伦
看书，最常看的是日本漫画
已经开始穿耐克、阿迪

已经成为麦当劳的固定消费者

嘴里常常嚼着，嚼不完的口香糖

虽然一周只洗一次脸

但是面庞中总是氤氲着

春天的第一场雨

在夜深人静时，在你熟睡后

打湿父亲我，小心翼翼的舌尖

而父亲，我，老董

已经三十九岁

眼睛里挂着厚厚的窗帘

遮挡着，百孔千疮的心灵

不敢在任何一次微笑中

露出灵魂的三原色

额头上，时光之车的辙印

虽不是很深，但已足够凌乱

但毋庸置疑，我们都拥有

童年。

虽然你的童年正呈现在时

而我的童年早就是过去式了

属于，回忆的默写范围

属于，梦境中的旅游景点

你的童年鲜活而饱满，儿子

物质的阳光照耀着你
金钱的光辉，笼罩着你的早晨和傍晚
而父亲我的童年
只能在寒酸的储蓄罐中，一枚枚地积攒
一分、二分、五分的希望

我们的起跑线截然不同
儿子，你是在科室分工精细的大医院里
听见了，你人生长跑的发令枪
护士姐姐消毒严格的手
为你推开了世界的大门
而父亲我，诞自乡村老屋的土炕
在腊月的朔风中
乡下老妪富有经验主义的一双手
把父亲领上了，人生的跑道
甚至我们的构成也是不同的
具有，唐诗和宋词那样的区别
你在来到这个世界之前
就开始在你母亲的肚子里
看电视剧，听流行歌曲
你富含肉、禽、奶、海鲜、营养药、营养品
而父亲在你奶奶肚子里时
只能在小米、高粱米和玉米面中

去粗存精。偶尔的几颗鸡蛋

可能变成了，我现在还算结实的肌肉

儿子，整整一个暑假

你与父亲一起度过

窗台上，是你喝空的饮料瓶

它们分别是

可口可乐、百事可乐、雪碧、美年达

黄金富氧水、维存、绿茶、红茶和果醋

娃哈哈、乐百氏、激活、脉动

你的味蕾在甜和酸中舞蹈

全然忘记了，清水

才是人类最温暖的母腹

茶几上，是你吃剩下的香肠、面包、饼干

甚至还有半盘子虾头

而父亲我至今，吃虾都是囫囵吞枣

并且美之名曰：补钙

其实不过是

舍不得让虾头或者虾皮

成为垃圾袋里的内容

沙发边上，是你很少拍的篮球

鞋架边上，是你根本不动的哑铃

你的书包里装着：

6本课本、8本参考书、4本练习册、6册笔记本、2个文具盒

一个水瓶、一个手机充电器还有一个MP3

沉重得超过了，我对你未来的期望

而我上小学时的书包，随便一扔

就能在学校两米高的围墙上

长出翅膀。

你的作业包括：语文、数学、外语

除了印制成册的暑假作业

还有老师加留的特殊作业

因此你必须拿出许多个上午、下午和晚上

在你姑奶的呼喝中

在你奶奶的严肃中

在你爷爷的搅局中

深入作业的丛林，追逐

标准答案的兔子

在分别上完了外语、奥数、作文

书法、围棋还有国画

等等等等课外班后

在依次写完语文、数学、外语

等等等等作业后

你一连几小时坐在电脑前

耳朵里插着MP3的耳机

桌子上放着手机、小灵通

嘴里哼哼着仿佛咒语的周杰伦的歌

你一连几小时坐在电脑前

只在上厕所的时候起身

只在吃冰糕的时候起身

你在QQ里和同学们呼朋引类、大吵大闹

发送各种匪夷所思的图形

偶尔弄出些怪字，你说那是火星文

让我浮想联翩，想起我童年时

看过的《百慕大三角》《我们爱科学》《神秘岛》

当我试着和你交谈时

你已经下载完毕，杀入了新的游戏界面

你在电脑屏幕上养宠物

对我理性的质疑

报以无理性的狂笑

你在QQ里和同学们约定时间，约法三章

用手机串通一气

呼喊着在"穿越火线"中通力合作

却从来不和他们一起去足球场上奔跑

却从来不和他们一起去游泳，一起去公园

你从来不去同学的家

也不领同学来咱们家

而父亲我初三的时候，每天早上
都要准时去敲响，同学的家门
只有和伙伴们一起
我才能一个音符也不差地
走上，台湾校园歌曲中的那条小路

整整一个暑假，儿子
我旁观着你的童年
思索着，为什么同一朵花
在我们的眼中，会是两种不同的颜色
儿子，我旁观着你的童年
并且顽固地想要，把你的童年
举成一架望远镜
看见，我自己的童年

一片又一片一眼望不到边的湖泊
在父亲的童年里摇晃
现在还时常从父亲的梦中
溅出一些清水，构成
父亲我与众不同的部分
父亲的童年起伏着青纱帐
它们是玉米、高粱、谷子
而太阳，在向日葵黄色的脸上滚动

让夏天，充满许多许多年后

我才能理解的交响乐的神圣

在我的童年，冬天寒冷而漫长

雪不是来自童话，也不是降自天堂

雪从来不会，在轻音乐的伴奏下

跳着舞赶来

赶来供孩子们堆成，动画片中的雪人

雪以没膝的深度，诠释东北的含义

在父亲我的童年，冬天

常常用零下30度和冻疮

为生命的严酷，反复剪彩

冬天，早晨起来

外屋的水缸里覆满冰的手掌

孩子们用欢乐和冬天握手

全然不管，感冒和肺炎

就潜伏在屋檐下的冰溜子里

在我的童年，夏天丰富而急促

当小草的手指揉软了微风以后

榆树钱给我们的舌头，带来不尽的安慰

带来安慰的还有麻雀

那些在树上开会的麻雀

总是拿不出，对付我们弹弓和鸟夹子的方案

在父亲的童年，雨水里没有泥

在父亲的童年，天空永远像刚从洗衣机里
捞出来那样蓝，好像随便扯下一块
都能拧出水来
儿子，父亲童年时见过的星星
要比你头上这片天空里的亮点
多一百倍
而且每一颗星星，都会眨眼
都会用你看不见的眼睫毛
把你摇进没有噩梦的睡眠
空气中飞满了蜻蜓、蝴蝶
它们在周杰伦写不出的音符中飞
蜘蛛在每一家的墙角结网
网进比电视广告少得多的蚊子和飞虫

这就是父亲的童年
抒情的部分，在文字中变得矫情
其实父亲我的童年
没有玩具，没有饼干，没有篮球
甚至能有一个子弹壳做的摔炮儿
就能让欢乐响上一年
有一把弹弓，就能在绿叶丛中
准确地射落，梦的果实
儿子，这就是父亲的童年

没有小桥、流水、人家

没有商场、游乐场、动物园和超市

只有公社、大队、生产队、红旗渠和场院

只有粪堆、马车、毛驴和老牛

乡村的土路上，没有汽车

汽车在小人书和黑白电影里

汽车在领袖的畅想和蓝图里

空气中时常飘浮着猪屎、鸡粪、马尿的味道

对我们的肺却毫发无损

深水井中打出来的水

总是散发着古怪的臭

却不含一点点化学元素

父亲的童年，没有电视更没有影碟

你爷爷的熊猫牌收音机

是整个屯子的奢侈品

当短波的声音，在挡着窗帘的屋子里越变越小时

世界有着，持续至今的诡异

只有露天电影，不定期地带给我们

节日的感觉，高潮的强度

比现在的"春晚"要high上100倍

而你，儿子

你7岁就和父亲一起，看《闪灵》

看《美国病人》看《迷墙》看《驱魔人》

你永远不会知道
晚风吹拂的银幕
为什么直到现在
还在我的灵魂中晃动不停

儿子，你又一次坐在了电脑前
12岁，却比父亲初中毕业时
还要高上3厘米
这3厘米的楚河汉界，隔开了
我们的童年
在3厘米的这边，是你
你上网，听MP3，打电子游戏，吃肯德基
坐班车上下学，在电影院吃哈根达斯
常常和一堆薯片还有牛肉干
混在一起，在沙发上"岁月等闲度"
看与裹脚布性质相同的电视剧
你不看书，咱家的书柜里
7000册图书正在等待，你毫不近视的眼睛
你不看书，不看"三国"，也不看"水浒"
却在老师的安排下
把一本《四大名著人物点击与知识问答》
画成了一幅幅地图
而父亲童年时，一本没头没尾的《烈火金刚》

常常要看上10遍

你不看书，不看《十万个为什么》

却知道如何尽可能去穷尽，XP的功能

却知道如何完成视频的"变形记"

发表在你加密的U盘里

你不运动，不去草地上追铁圈

却比同龄时的父亲

高大得多，也强壮得多

儿子，你又一次坐在了电脑前

键盘的打击乐中，我突然明白了

时光，有它自己的进化论

而父亲我，该去为《父子少年对比录》

拟定心情和

准备草稿了

2008年10月17日

童年变奏曲

三十年前，童年近在身边
近到，可以随时都能摸见
比如，在衣柜里，童年是一些变小的衣服
我再也不穿了
比如，在书橱里，童年是一些翻旧的小人书
只有弟弟还把它们当成珍宝
比如，在影集里，童年是一些大大小小的照片
只是我早已懒得再看
三十年前，我的
童年就在我的昨天，因为太近了
反而显得很远，三十年前
我的童年近在去年却远在天边
虽然童年时听过的蝈蝈
还时常来我的梦里开演唱会
虽然童年时摔伤的膝盖，还会在大雨之前发出信号
虽然童年时所有玩伴的脸，还都是一张张彩色照片
但是老师和家长告诉我我的童年
结束了。我现在已经是一个初中生
必须和童年所有的游戏还有伙伴说再见
我才有可能，顺利通过

课本中的独木桥
走进大学，走进社会

二十年前，童年是一个传说
我还没有能力把它编成故事，变成情节
二十年前
童年是一阵浓雾，偶尔还会从床底下的旧课本中
涌出
童年是一些破碎的五官，纷纷从小学毕业照上
掉了下来，童年
是三两个小学同学的名字
偶尔和一朵看不见的云一起
擦过我的嘴唇。二十年前
童年是一些乡音，一直赖在我的嘴里
童年是一些亲戚，偶尔还来我家做客
而十年前，童年变成了一阵阵脚步声
在我午夜的发呆中响了起来
十年前，童年变成了一根手指
不知何时伸入了我的内心
十年前，童年是一些破旧的小人书，我开始视如珍宝
十年前，童年是一些变黄了的黑白照片
我特意为它们购买了一个新的影集本
十年前，童年是一本从时光深处飞回来的旧课本

上面有我歪歪斜斜的字迹，有我
从这些字迹中看见的小学同学的脸，张张清晰得如同一个梦
啊，二十年前，十年前，我哪里会想到
童年竟然会是一个国度，一个
我要用一生来游历、建设和热爱的
心的国度

现在，童年是一只你们无法看见的大口袋
我的大口袋，一直重重地背在
我的肩上
口袋里，随时都能取出我需要的东西
比如，取出一片水，让我在城市中不再饥渴，不再干旱
比如，取出一片蓝天，让我在楼群中再次获得遥望的能力
比如，取出一部露天电影，让久违的泪水重新从我的眼睛中
流出来
比如，取出一则民间故事，让故事中的风
吹散，我眼睛中岁月的乌云
现在，童年是我的百宝囊
是我怎么花都花不光的存款
比如，童年时存在心中的那些小鸟
中年后，都会为你重新鸣叫，而且叫起来就将永不停止
比如，童年时存在心中的那些野花
中年后，都会为你重新盛开，而且开放了就将永不凋落

比如，童年时存在心中的那些游戏

中年后，你还在玩，而且会一直玩下去

在深夜喝茶时玩，在翻看旧书时玩，在唱起老歌的时候玩

在梦中玩，在不玩中玩

现在，童年是一块一年比一年大的石头

在我的心里一天比一天沉重

那种沉重，是时间本身的沉重

是记忆本身的沉重

是故乡所有的水泡子、大野地和青纱帐加在一起的

那种沉重

但我却在这沉重中，变得身轻如燕了

变成了一个会飞的人，一个

以童年为翅膀的会飞的人

不通过梦的异次元

就能随时飞回故乡的田野，飞回

童年时我的风筝所到达的高度

飞回一本小人书的字里行间

飞回小学校破烂的木桌木椅

飞回和奶奶一起捡柴火的那些深秋，那些初春

飞回大雪掩门出不了屋只能钻窗户的

真真正正的北国的寒冬

现在，童年是我的翅膀

是我的灵魂所能飞抵的最高的高度

是我心灵的高处不胜寒
现在，我人到中年但是心存童年
我人到中年了，反而
重新开始过起了我的童年，我会一直过下去的
我会一直童年下去，直到老年和童年合二为一
直到天空和大地
不分彼此

2012年8月28日

附录：相关推荐语

董辑是二十世纪九十年代成长起来的先锋诗人。他的诗歌以质朴的语言，着力表现个人生存体验中的"反生活"——被生活拒绝的一面。诗人是渴望生活的，如同凡·高，但当你要坚持个人的价值理想和生活信念而不随波逐流时，生活就会背叛你，抛弃你，把你置于孤独无依的境地。这时，诗歌就成为诗人唯一可以依靠的朋友，如一盏灯的启明，使诗人在精神的创造中找到存在的意义。董辑的诗歌注重感性，善用口语，但并不排斥对个人经验的深度挖掘。诗人以口语化的写作技艺分行日常生活经验，在增强作品可读性的同时，并没有减弱作品的介入力度和个性锋芒。董辑的写作经验告诉我们：以口语写作的方式也是可以深度介入当下现实的。

——四川·周伦佑

与董辑相识相知已近二十载，其间我们共同发起编辑《东三省诗歌年鉴》，共同经历的波波折折和身心契合的诗歌理念，为我们的友谊打下了坚实基础。董辑为人真诚豪迈，这一点也反映在他的诗歌创作当中，他绝无造作，而是直接切入事物的本质内核。我常觉得，董辑复兴了某些浪漫主义诗歌原则，在这个务实社会中，他也许只能做个迟到的浪漫主义者，而这种浪漫，绝不是风花雪月，而是诉诸人类共通的本质性情感，以丰沛的感性力量来对抗现代枯槁的理性逻辑。他的诗歌中，极大地保存了一些已经接近绝迹的情感范式，而这些都是人得以为人的根本。因此，他对现实的批判，便更有力度，因为那些感受是切身的乃至残酷的，读其诗，往往能让人在痛快淋漓中感觉到隐约的忧伤与悲愤。诗人注定是逆着时代风尚而行的人，他的沉潜他的悲哀，都自然会染上宿命的色彩，由此，我将之视为诗歌的勇士。

——江苏·马永波

与董辑相识相交，差不多有二十年了，这当中自然读过他不少诗文，既不感天动地也非之乎者也，而是平平淡淡只为真，娓娓道来中显现真知灼见。距离人聚焦文，恐怕这是一个断文识人的好方法。这么多年，我便是这样看待董辑兄弟和他的诗情话意的。

——上海·郁郁

董辑是一个充满东北特有血性和沧桑感的诗人，他对诗歌全身心投入的热爱和他词锋突破人性巨大荒芜由来根源的悲悯，构成他写作的持续不断的张力，在非非主义高难度超越的维度上，他的诗显现了对当代中国诗歌全方位透视的独特视角和先锋的探索。

——四川·龚盖雄

十八世纪，人们普遍将火看作星辰的食粮。2010年始，董辑是边城（赤峰）的播火者，滚烫的房星在马厩中跺脚，向前敲现代诗，有金石之声。他总让我想起壮怀激烈的八十年代：直面现实，勇于担当。其诗金声玉振，爽朗畅快；其人神超形越，纯正刚直——董辑，我的良师益友。

——内蒙古·张永渝

不可否认，现在写诗的人比读诗的人多。那么，诗歌能让人过得更好吗？我看不见得。

　　读董辑的诗，你在其中的叙事、隐性抒情、口语、现实题材、现代敏感、先锋、调侃等诗歌元素中，感到一种痛苦、恐惧和希望。为什么会有这样的感觉？因为董辑的诗歌，见证了时代，发出了一代爱诗者的混合的声音。

——贵州·孙守红

　　董辑的诗是一种非虚构，他把现实介入诗中，用近似口语的表达，契入个体生命经验，拒绝虚无，自我反诘，从而完成了一种"纯诗"意义上的自我救赎与自我超越。

——河南·敬笃